BOLA DE SEBO
E OUTROS CONTOS

Título original: Boule de Suif
Copyright © Editora Lafonte Ltda. 2021

Todos os direitos reservados.
Nenhuma parte deste livro pode ser reproduzida sob quaisquer
meios existentes sem autorização por escrito dos editores.

Direção Editorial	**Ethel Santaella**
Tradução	**Ciro Mioranza**
Revisão	**Denise Camargo**
Diagramação	**Demetrios Cardozo**
Texto de capa	**Dida Bessana**
Imagem de Capa	**Advertisement for Children's Books - Aubrey Beardsley / Wikiart.org**

Dados Internacionais de Catalogação na Publicação (CIP)
(Câmara Brasileira do Livro, SP, Brasil)

```
Maupassant, Guy de, 1850-1893
    Bola de sebo e outros contos / Guy de Maupassant ;
tradução Ciro Mioranza. -- São Paulo : Lafonte, 2021.

    Título original: Boule de suif
    ISBN 978-65-5870-088-3

    1. Contos franceses I. Título.

21-64161                                        CDD-843
```

Índices para catálogo sistemático:

1. Contos : Literatura francesa   843

Cibele Maria Dias - Bibliotecária - CRB-8/9427

Editora Lafonte

Av. Profª Ida Kolb, 551, Casa Verde, CEP 02518-000, São Paulo-SP, Brasil - Tel.: (+55) 11 3855-2100
Atendimento ao leitor (+55) 11 3855-2216 / 11 – 3855-2213 – atendimento@editoralafonte.com.br
Venda de livros avulsos (+55) 11 3855-2216 – vendas@editoralafonte.com.br
Venda de livros no atacado (+55) 11 3855-2275 – atacado@escala.com.br

GUY de MAUPASSANT

BOLA DE SEBO
E OUTROS CONTOS

tradução
Ciro Mioranza

Lafonte

Brasil * 2021

ÍNDICE

- 09 .... Bola de Sebo
- 69 .... Uma aventura parisiense
- 81 .... *Mademoiselle* Fifi
- 101 .... A ferrugem
- 111 .... Um normando
- 121 .... Um galo cantou
- 129 .... Conto de Natal
- 139 .... Uma viúva
- 147 .... Dois amigos
- 159 .... A mão
- 169 .... Uma vendeta
- 177 .... Aparição
- 189 .... O colar
- 203 .... Lembrança
- 213 .... História verdadeira

APRESENTAÇÃO

Henri René Albert Guy de Maupassant (1850-1893) foi um escritor francês que deixou vasta obra, composta de romances, poemas e contos. Notabilizou-se, no entanto, como grande contista, chegando a ser considerado por muitos literatos e estudiosos como pai do conto moderno não somente pelo expressivo número dessas narrativas (cerca de trezentas), mas também pelo estilo seco, sintético, fluido, lúcido e hábil com que desenvolveu seus temas. Desse imenso acervo de contos, destaca-se "Bola de Sebo", que teve enorme sucesso na época de sua publicação e foi considerado pela crítica e por escritores contemporâneos como obra-prima da literatura francesa.

Guy de Maupassant é um autor que prima pela síntese. Em poucas palavras, consegue analisar um fato, uma situação, um ambiente com maestria, sem abandonar a clareza que permite a compreensão desse mesmo fato, situação ou ambiente.

O estilo, sobretudo nos contos, é de um realismo duro, amargo e, não poucas vezes, angustiante. Demonstra uma sensibilidade profunda, e muitas de suas histórias revelam um homem que se indigna com a hipocrisia, o oportunismo e o egoísmo de certos setores da sociedade, de modo particular a burguesiae sua indiferença pelo sofrimento dos pobres, marginalizados e fracos.

Em vários contos, entre eles, "Bola de Sebo", "*Mademoiselle* Fifi" e "Dois amigos", inseridos neste volume, Maupassant refere-se direta ou indiretamente à guerra franco-prussiana (1870-71), que terminou com a derrota da França e a queda do imperador Napoleão III, e a decorrente restauração da República.

Enfim, para o leitor que gosta de literatura, ler os escritos de Guy de Maupassant, especialmente seus contos, é deparar-se com um mundo de amarguras, tristezas e hipocrisias, mas também é saborear um estilo fluido, admirar sua profunda compreensão da alma humana e, ainda, deliciar-se com a refinada ironia que perpassa toda a sua obra.

O tradutor

BOLA DE SEBO

Durante vários dias seguidos, remanescentes de um exército em retirada tinham atravessado a cidade. Não era a tropa, mas hordas em debandada. Os homens tinham barba longa e suja, uniformes esfarrapados, e avançavam com um andar descompassado, sem bandeira, sem regimento. Todos pareciam abatidos, exaustos, incapazes de pensar ou de tomar uma resolução, marchando apenas por hábito e caindo de cansaço logo que paravam. Viam-se, sobretudo, como recrutas, pessoas pacíficas, tranquilas, que viviam de renda, curvando-se sob o peso do fuzil; pequenos *moblots*[1] alertas, fáceis de assustar e predispostos ao entusiasmo, prontos tanto para o ataque quanto para a fuga; além disso, entre eles, alguns calças vermelhas, remanescentes de uma divisão destroçada numa grande batalha; artilheiros taciturnos alinhados com diversos soldados de infantaria; e, às vezes, o capacete reluzente de um dragão de passo lento que seguia com dificuldade a marcha mais ágil dos soldados.

Legiões de franco-atiradores com denominações heroicas, como "Os vingadores da derrota", "Os cidadãos do túmulo", "Os distribuidores da morte", passavam, por sua vez, com aspecto de bandidos.

---

1. *Moblot* era a denominação dada ao soldado da guarda nacional móvel (*soldat de la Garde Nationale Mobile*), entre 1840 e 1871. (N.T.)

Seus chefes, antigos comerciantes de tecidos ou de cereais, ex-mercadores de sebo ou de sabão, guerreiros de circunstância, nomeados oficiais pelo dinheiro que possuíam ou pelo comprimento dos bigodes, cobertos de armas, de flanela e de galões, falavam com voz retumbante, discutiam planos de campanha e pretendiam carregar sozinhos a França agonizante sobre seus ombros de fanfarrões; mas, às vezes, temiam seus próprios soldados, homens celerados e nada recomendáveis, em geral excessivamente corajosos, saqueadores e libertinos.

Dizia-se que os prussianos iam entrar em Rouen.

A Guarda Nacional, que, havia dois meses, vinha fazendo um reconhecimento muito cuidadoso nos bosques próximos, às vezes fuzilando as próprias sentinelas, e preparava-se para o combate quando um pequeno coelho se mexeu entre os arbustos, tinha voltado para suas bases. Suas armas, suas fardas, todo oaparato mortífero com que ainda há pouco aterrorizara as estradas nacionais num raio de três léguas tinham subitamente desaparecido.

Os últimos soldados franceses acabavam, enfim, de atravessar o rio Sena para chegar a Pont-Audemer via Saint-Sever e Bourg-Achard; e, caminhando atrás de todos, o general, desesperado, não podendo tentar qualquer coisa com esses frangalhos disparatados, ele próprio desorientado na grande derrocada de um povo habituado a vencer e desastrosamente batido, apesar de sua lendária bravura, seguia a pé entre dois oficiais de ordenança.

Em seguida, uma calmaria profunda, uma expectativa apavorante e silenciosa, havia pairado sobre a cidade. Muitos burgueses barrigudos, emasculados pelo comércio, aguardavam ansiosamente os vencedores, temendo que seus espetos ou facões de cozinha pudessem ser tomados como armas.

A vida parecia paralisada; as lojas estavam fechadas, a rua, silenciosa. Às vezes, um habitante, intimidado por esse silêncio, esgueirava-se rapidamente ao longo das paredes.

A angústia da espera fazia com que se desejasse a chegada do inimigo.

Na tarde do dia seguinte à partida das tropas francesas, alguns lanceiros, vindos sabe-se lá de onde, atravessaram apressadamente a cidade. Então, pouco depois, uma massa negra desceu da encosta de Sainte-Catherine, enquanto duas outras ondas invasoras apareciam pelas estradas de Darnétal e Boisguillaume. As vanguardas das três corporações juntaram-se, ao mesmo tempo, na praça da prefeitura; e por todas as ruas vizinhas chegava o exército alemão, desfilando seus batalhões que faziam ressoar as pedras do calçamento sob seus passos duros e ritmados.

Comandos proferidos aos gritos, numa língua desconhecida e gutural, subiam ao longo das casas, que pareciam mortas e desertas, enquanto, por trás das venezianas fechadas, olhos espiavam esses homens vitoriosos, donos da cidade, das fortunas e das vidas, em nome do "direito de guerra". Os habitantes, em seus quartos escurecidos, eram tomados pelo pânico que os cataclismos produzem, pelas grandes convulsões mortíferas da terra, contra as quais toda sabedoria e toda força são inúteis. Porque, toda vez que a ordem estabelecida das coisas é desfeita, que a segurança não existe mais, que tudo o que as leis dos homens ou da natureza protegiam fica à mercê de uma brutalidade inconsciente e feroz, a mesma sensação reaparece. O terremoto esmagando uma população inteira sob as casas em ruínas, o rio transbordado que arrasta os camponeses afogados junto com os cadáveres dos bois e com as vigas arrancadas dos telhados ou o glorioso exército massacrando aqueles que se defendem, levando os outros como prisioneiros, saqueando em nome da Espada e agradecendo a um Deus ao som do canhão, são outros tantos pavorosos flagelos que desconcertam qualquer crença na justiça eterna, toda a confiança que nos ensinam a ter na proteção do céu e na razão do homem.

Mas em cada porta batiam pequenos destacamentos que depois desapareciam dentro das casas. Era a ocupação depois da invasão. Para os vencidos, começava o dever de se mostrar amáveis para com os vencedores.

Passado algum tempo, uma vez desaparecido o primeiro terror, uma nova calmaria se estabeleceu. Em muitas famílias, o oficial prussiano comia à mesa. Às vezes, mostrava-se bem-educado e, por polidez, lamentava a sorte da França, expressava sua repugnância por participar da guerra. As pessoas ficavam agradecidas por esse sentimento; pois, mais dia menos dia, poderiam precisar de sua proteção. Ao agradá-lo, poderiam, talvez, ter alguns homens a menos a alimentar. E por que magoar alguém de quem se dependia totalmente? Agir dessa forma seria mais temeridade do que bravura. – E a temeridade não é mais um defeito dos burgueses de Rouen, como nos tempos das heroicas defesas com que a cidade ficou famosa. – Dizia-se, enfim, e essa era a razão suprema tirada da civilidade francesa, que permitia ser gentil com o soldado estrangeiro dentro de casa, desde que não se mostrasse essa familiaridade em público. Na rua, não se conheciam, mas em casa conversava de bom grado e o alemão permanecia mais tempo, todas as noites, aquecendo-se em torno da mesma lareira.

A própria cidade retomava, aos poucos, seu aspecto normal. Os franceses ainda não saíam muito, mas os soldados prussianos fervilhavam nas ruas. Além disso, os oficiais do regimento de cavalaria, que arrastavam com arrogância suas grandes ferramentas de morte pelas ruas, não pareciam ter pelos simples cidadãos muito mais desprezo do que os oficiais do regimento dos caçadores que, no ano anterior, frequentaram os mesmos cafés. Havia, no entanto, alguma coisa no ar, algo sutil e fora do comum, uma atmosfera estrangeira intolerável, como um odor difuso, o odor da invasão. Esse odor enchia as casas e os locais públicos, mudava o gosto dos alimentos, dava a impressão de se estar em viagem, muito distante, entre tribos bárbaras e perigosas.

Os vencedores exigiam dinheiro, muito dinheiro. Os habitantes sempre pagavam; aliás, eram ricos. Mas, quanto mais abastado um comerciante normando se torna, mais sofre com qualquer sacrifício, com qualquer parcela de sua fortuna que vê passando para as mãos de outro.

No entanto, a duas ou três léguas abaixo da cidade, seguindo o curso do rio em direção a Croisset, Dieppedalle ou Biessart, os barqueiros e os pescadores traziam com frequência à tona algum cadáver alemão inchado dentro do uniforme, morto a facadas ou a pontapés, com a cabeça esmagada por uma pedra ou jogado na água com um empurrão do alto de uma ponte. O lodo do fundo do rio sepultava essas vinganças obscuras, selvagens e legítimas, heroísmos desconhecidos, ataques mudos, mais perigosos do que as batalhas em plena luz do dia e sem a ressonância da glória.

Porque o ódio ao estrangeiro sempre arma alguns intrépidos prontos a morrer por uma ideia.

Enfim, como os invasores, embora sujeitando a cidade à inflexível disciplina deles, não tivessem cometido nenhum dos horrores que a fama os fazia cometer ao longo de sua marcha triunfal, as pessoas criaram coragem, e a necessidade dos negócios voltou a animar os comerciantes da região. Alguns tinham grandes interesses em Le Havre, ocupada pelo exército francês, e decidiram tentar chegar ao porto indo por terra até Dieppe, de onde embarcariam.

Recorreram à influência dos oficiais alemães, dos quais tinham conhecimento, e uma autorização para partir foi obtida com o comandante em chefe.

Contratada, portanto, para essa viagem uma grande diligência com quatro cavalos e recebida pelo condutor a inscrição de dez pessoas, foi decidido que a partida se daria na terça-feira, antes do amanhecer, para evitar qualquer aglomeração.

Já fazia algum tempo que o gelo havia endurecido a terra e, na segunda-feira, por volta das três horas, grandes nuvens negras vindas do norte trouxeram a neve, que caiu ininterruptamente durante toda a tarde e toda a noite.

Às quatro e meia da manhã, os viajantes reuniram-se no pátio do Hotel Normandia, de onde partiria a carruagem.

Estavam ainda com muito sono e tremiam de frio sob o cobertor que os envolvia. Mal conseguiam se enxergar na escuridão; e a quantidade de pesadas roupas de inverno fazia com que todos esses corpos se assemelhassem a padres obesos em suas longas batinas. No entanto, dois homens se reconheceram; e um terceiro os abordou e passaram a conversar: "Estou levando minha mulher", disse um deles. "Eu também estou." "E eu também", acrescentou o primeiro: "Não voltaremos a Rouen e, se os prussianos se aproximarem de Le Havre, seguiremos para a Inglaterra". De caráter semelhante, todos tinham os mesmos projetos.

No entanto, nada de se atrelar a carruagem. De vez em quando, uma pequena lanterna, carregada por um cavalariço, saía de uma porta escura para imediatamente desaparecer em outra. Cascos de cavalos socavam a terra, amortecidos pelo esterco das estrebarias, e uma voz de homem falando aos animais e praguejando era ouvida no fundo do estábulo. Um leve murmúrio de guizos anunciou que os arreios estavam sendo manuseados; esse murmúrio logo se tornou uma vibração clara e contínua, ritmada pelo movimento do animal, por vezes parando, depois retomando numa brusca sacudida que acompanhava o ruído surdo de um casco ferrado batendo no chão.

Subitamente, a porta se fechou. Todo o barulho cessou. Os burgueses, gelados, calaram-se; permaneciam imóveis e rígidos.

Um véu ininterrupto de flocos brancos tremeluzia sem cessar, caindo sobre a terra; apagava as formas das coisas, pulverizava tudo com uma espuma de gelo; e nada mais se ouvia no grande silêncio da cidade calma e sepultada sob o inverno, a não ser esse farfalhar vago, indizível e flutuante da neve que cai, mais sensação do que ruído, emaranhado de leves partículas que pareciam preencher o espaço, cobrir o mundo.

O homem reapareceu, com sua lanterna, puxando por uma corda um cavalo triste que não vinha de bom grado. Ele o colocou junto ao timão, amarrou as correias, deu várias voltas para garantir que os arreios estava apertados, pois só podia usar uma das mãos, visto que a outra carregava a lanterna. Quando ia buscar o segundo animal, percebeu todos aqueles passageiros imóveis, brancos de neve, e lhes disse: "Por que não sobem na carruagem? Pelo menos estarão abrigados".

Eles não tinham pensado nisso e, sem dúvida, mais do que depressa, entraram no veículo. Os três homens instalaram as esposas no fundo e, em seguida, subiram; depois, as outras formas indefinidas e encobertas ocuparam os últimos lugares sem trocar uma palavra.

O assoalho da carruagem estava coberto de palha, na qual os pés afundaram. As senhoras do fundo, tendo trazido pequenos aquecedores de cobre com carvão químico, acenderam os aparelhos e, por algum tempo e em voz baixa, enumeraram as vantagens deles, repetindo coisas que já sabiam havia muito tempo.

Finalmente, atrelada a diligência com seis cavalos em vez de quatro, por causa da tração mais pesada, uma voz de fora perguntou:

– Todos subiram?

Uma voz de dentro respondeu:

– Sim.

E então partiram.

A carruagem avançava lentamente, muito lentamente, a passos curtos. As rodas afundavam na neve; toda a estrutura gemia com rangidos surdos; os animais, ofegantes e exaltados, escorregavam; e o gigantesco chicote do condutor estalava sem parar, rodopiando em todas as direções, enroscando-se e desenrolando-se como uma fina serpente, e açoitando bruscamente algum lombo arredondado que então se retesava num esforço mais violento.

Mas a luz do dia ia aumentando imperceptivelmente. Os suaves flocos que um passageiro, habitante de Rouen puro-sangue, tinha comparado a uma chuva de algodão não caíam mais. Uma claridade suja, filtrada por grossas nuvens escuras e pesadas, tornava mais reluzente a brancura dos campos, onde ora surgia uma fileira de árvores altas cobertas pela geada, ora surgia uma cabana com uma capa de neve.

Na carruagem, todos se olhavam com curiosidade, sob a triste claridade do alvorecer.

Ao fundo, nos melhores lugares, cochilavam, um de frente para o outro, o sr. e a sra. Loiseau, atacadistas de vinho da rua Grand-Pont.

Ex-funcionário de um negociante falido, Loiseau havia comprado o estabelecimento e feito fortuna. Vendia muito barato vinho de péssima qualidade a pequenos comerciantes do interior, e, entre conhecidos e amigos, era considerado um malandro esperto, um verdadeiro normando cheio de subterfúgios, mas sempre jovial.

A fama de trapaceiro estava tão bem estabelecida que, certa noite, na prefeitura, o sr. Tournel, autor de fábulas e de canções, espírito mordaz e refinado, uma glória local, ao ver as damas um pouco sonolentas, lhes propôs jogar uma partida de "Loiseau vole"[2]; a expressão voou pelos salões da prefeitura, ganhando depois os da cidade, e o trocadilho divertiu durante um mês inteiro toda a gente da província.

Além disso, Loiseau era célebre por pregar peças de toda natureza e por suas piadas boas e ruins; e ninguém

---

2. Trocadilho feito com o sobrenome Loiseau, que, na pronúncia, equivale a "l'oiseau", o pássaro, e a forma verbal "vole", que significa tanto *voa* quanto *rouba* (do verbo "voler"), ou seja, "o pássaro voa" ou "Loiseau rouba". (N.T.)

podia falar dele sem acrescentar imediatamente: "Esse Loiseau é impagável".

De estatura baixa, tinha uma barriga em forma de balão encimada por um rosto avermelhado entre duas costeletas grisalhas. A mulher dele, alta, forte, resoluta, de voz aguda e decisões rápidas, era a ordem e a aritmética do estabelecimento comercial que ele animava com sua vivacidade.

Ao lado deles, estava, dignamente acomodado, o senhor Carré-Lamadon, pertencente a uma casta superior, homem considerado, estabelecido no ramo do algodão, proprietário de três fiações, oficial da Legião de Honra e membro do Conselho Geral. Durante todo o período do Império, tinha sido líder da oposição benevolente só para cobrar mais caro sua adesão à causa que ele combatia com armas cortesas, de acordo sua própria expressão. A senhora Carré-Lamadon, muito mais jovem do que o marido, era o consolo dos oficiais de boa família enviados à guarnição de Rouen.

Sentada diante do marido, muito pequenina, muito delicadinha e muito bonitinha, enrolada em suas peles, ela observava com olhar desolado o lamentável interior da carruagem.

Seus vizinhos de assento, o conde e a condessa Hubert de Bréville, detinham um dos nomes mais antigos e mais nobres da Normandia. O conde, velho cavalheiro de grande distinção, esforçava-se por acentuar, com sua vestimenta, uma semelhança natural com o rei Henrique IV, que, segundo uma lenda gloriosa para a família, tinha engravidado uma dama de Bréville, cujo marido, por causa disso, tornou-se conde e governador de província.

Colega do senhor Carré-Lamadon no Conselho Geral, o conde Hubert representava o partido orleanista no departamento. A história de seu casamento com a filha de um pequeno armador de Nantes sempre esteve envolta em mistério. Mas, como a condessa gozava de grande prestígio, sabia receber melhor do que ninguém e inclusive, dizia-se, tinha sido amada por um dos filhos de Luís Filipe, toda a nobreza a festejava, e seu salão era o primeiro da região, o único onde se conservava a velha galanteria e no qual era difícil entrar.

A fortuna dos Bréville, toda em imóveis, estava estimada em quinhentas mil libras em receita.

Essas seis pessoas compunham o fundo da carruagem, o lado abastado, tranquilo e forte da sociedade, gente honesta e de grande influência que tem religião e princípios.

Por uma estranha coincidência, todas as mulheres estavam acomodadas no mesmo banco; e a condessa tinha ainda como vizinhas duas freiras que desfiavam longos rosários enquanto murmuravam pai-nossos e ave-marias. Uma era idosa, com o rosto marcado pela varíola, como se tivesse recebido, à queima-roupa, uma saraivada de chumbo. A outra, muito franzina, tinha uma cabeça bonita e combalida sobre um peito de tuberculosa corroído por essa fé devoradora que faz mártires e iluminados.

Na frente das duas religiosas, um homem e uma mulher atraíam todos os olhares.

O homem, bem conhecido, era Cornudet, o "democrata", o terror das pessoas respeitáveis. Havia vinte anos, mergulhava sua longa barba ruiva nos chopes de todos os cafés democratas. Tinha dilapidado, com os irmãos e amigos, uma bela fortuna, herança do pai, antigo confeiteiro, e esperava impacientemente pela República para obter, enfim, o lugar merecido por tantos copos revolucionários consumidos. No dia 4 de setembro, em decorrência de uma brincadeira talvez, julgou que tinha sido nomeado prefeito, mas, quando quis assumir as funções, os contínuos, únicos senhores do lugar, recusaram-se a reconhecê-lo, e ele foi obrigado a se retirar. De resto, bom sujeito, inofensivo e prestativo, tinha se empenhado com incomparável ardor na organização da defesa. Havia mandado cavar buracos nas planícies, cortar todas as árvores pequenas das florestas vizinhas, semear armadilhas em todas as estradas, e, diante da aproximação do inimigo e satisfeito com seus preparativos, recuou celeremente para a cidade.

Agora, pensava em se tornar ainda mais útil em Le Havre, onde novas trincheiras iam ser necessárias.

A mulher, uma dessas a que chamam de libertina, era célebre por seu físico avantajado e precoce, que lhe valera o apelido de Bola de Sebo. Pequena, toda rechonchuda, desmedidamente gorda, com dedos inchados e estrangulados nas falanges, como pencas de salsichas curtas; com uma pele reluzente e esticada, um pescoço enorme que descaía sobre o vestido, ela continuava, no entanto, apetitosa e desejada, tanto seu frescor dava prazer à vista. Seu rosto era uma maçã vermelha, um botão de peônia prestes a florescer; e nele se abriam, no alto, dois magníficos olhos negros, cobertos por grandes cílios espessos que os mergulhavam na sombra; embaixo, uma boca encantadora, estreita, úmida para o beijo, recheada de dentinhos brilhantes e microscópicos.

Além disso, ela era, dizia-se, cheia de qualidades inestimáveis.

Assim que foi reconhecida, cochichos circularam entre as mulheres honestas, e as expressões "prostituta" e "vergonha pública" foram sussurradas tão alto que ela ergueu a cabeça. Então, passeou por sobre os vizinhos um olhar tão provocador e ousado que imediatamente um grande silêncio reinou-se instalou, e todos baixaram os olhos, exceto Loiseau, que a espiava com ar animado.

Mas logo a conversa foi restabelecida entre as três senhoras que a presença da moça tinha tornado subitamente amigas, quase íntimas. Deviam formar, parecia-lhes, uma espécie de aliança de suas dignidades de esposas diante dessa vendida sem vergonha; pois o amor legal é sempre arrogante para com seu confrade, o amor livre.

Os três homens também, unidos por um instinto conservador diante de Cornudet, falavam de dinheiro com certo tom de desdém pelos pobres. O conde Hubert falava dos danos que os prussianos tinham lhe causado, das perdas que resultariam do gado roubado e das colheitas perdidas, e o dizia com uma segurança de grande senhor, dez vezes milionário, que essas devastações haveriam de durar apenas um ano. O senhor Carré-Lamadon, muito experiente na indústria algodoeira, tivera o cuidado de mandar para a Inglaterra seiscentos mil francos, uma reserva bem guardada para qualquer eventualidade. Quanto a Loiseau, tinha se empenhado em vender à Intendência francesa todos os vinhos ordinários que lhe restavam na adega, de modo que o Estado lhe devia uma quantia formidável, que ele pretendia receber em Le Havre.

E os três trocavam olhares rápidos e amigáveis. Embora de posições sociais diferentes, sentiam-se irmanados pelo dinheiro da grande maçonaria dos que possuem e fazem tilintar o ouro ao colocar a mão no bolso das calças.

A carruagem ia tão devagar que às dez horas da manhã ainda não haviam percorrido quatro léguas. Os homens desceram três vezes para subir encostas a pé. Começavam a se inquietar, pois deviam almoçar em Tôtes e já perdiam as esperanças de chegar lá antes do anoitecer. Cada um espreitava para enxergar alguma taberna à beira da estrada quando a diligência afundou num monte de neve, e só depois de duas horas se conseguiu desatolá-la.

A fome aumentava, perturbava o espírito; e nenhuma taberna, nenhum mercador de vinho aparecia, visto que a aproximação dos prussianos e a passagem das famintas tropas francesas tinham assustado todos os negociantes.

Os cavalheiros correram em busca de provisões nas fazendas à beira da estrada, mas nem mesmo pão encontraram, pois o camponês, desconfiado, escondia suas reservas com medo de ser saqueado pelos soldados que, nada tendo para pôr na boca, tomavam à força o que encontravam pela frente.

Em torno de uma hora da tarde, Loiseau anunciou que realmente sentia um maldito vazio no estômago. Todos sofriam como ele, havia muito tempo; e a violenta necessidade de comer, cada vez mais intensa, tinha acabado com as conversas.

De vez em quando, alguém bocejava; quase imediatamente, outro o imitava; e cada um, a seu turno, de acordo com o caráter, a educação e a posição social, abria a boca com estardalhaço ou discretamente, levando rapidamente a mão ao buraco escancarado de onde saía um vapor.

Várias vezes, Bola de Sebo se inclinou como se procurasse alguma coisa embaixo da saia. Hesitava um segundo, olhava para os vizinhos, depois se reerguia tranquilamente. Os rostos estavam pálidos e crispados. Loiseau afirmou que pagaria mil francos por um pedaço de presunto. Sua esposa fez um gesto como se fosse protestar; depois se acalmou. Sempre se sentia mal ao ouvir falar de desperdício de dinheiro e não tolerava nem mesmo brincadeiras a respeito.

– A verdade é que não me sinto bem – disse o conde. – Como é que não pensei em trazer mantimentos?

Todos se faziam a mesma recriminação.

No entanto, Cornudet tinha um cantil cheio de rum; ofereceu aos outros, que recusaram friamente. Só Loiseau aceitou dois goles e, ao devolver o cantil, agradeceu:

– Não se pode negar que é bom, aquece e engana o estômago.

O álcool o deixou de bom humor e propôs fazer como no pequeno navio da canção: comer o passageiro mais gordo. Essa alusão indireta a Bola de Sebo chocou as pessoas bem-educadas. Ninguém respondeu; somente Cornudet sorriu. As duas freiras tinham terminado de desfiar o rosário e, com as mãos enfiadas nas largas mangas, permaneciam imóveis, baixando obstinadamente os olhos, sem dúvida ofertando aos céus o sofrimento que lhes era enviado.

Finalmente, às três horas, quando se encontravam no meio de uma planície interminável, sem uma única aldeia à vista, Bola de Sebo, curvando-se rapidamente, retirou de baixo do banco um grande cesto coberto com uma toalha branca.

Primeiramente, tirou um pequeno prato de faiança, uma elegante taça de prata, depois uma vasta terrina com dois frangos bem cortados e conservados na própria gordura; no cesto, havia ainda outras coisas boas embrulhadas, como patês, frutas, guloseimas, alimentos preparados para uma viagem de três dias, a fim de não depender da cozinha dos albergues. Quatro gargalos de garrafa emergiam entre os embrulhos de comida. Ela pegou uma asa de frango e, delicadamente, se pôs a comê-la com um desses pãezinhos que, na Normandia, são chamados de "Regence".

Todos os olhares estavam voltados para ela. Então, o cheiro se espalhou, dilatando as narinas, inundando as bocas de saliva abundante, com uma contração dolorosa da mandíbula abaixo das orelhas. O desprezo das senhoras por essa jovem se tornava feroz, como que uma vontade de matá-la ou de jogá-la para fora da carruagem, na neve; ela, sua taça, sua cesta e sua comida.

Mas Loiseau, que devorava com os olhos a terrina de frango, disse:

– Muito bem, a senhora foi mais precavida do que nós. Há pessoas que sempre pensam em tudo.

Ela ergueu a cabeça para ele:

– Se quiser, senhor? É duro ficar em jejum desde manhã cedo.

Ele fez um gesto afirmativo:

– Francamente, não vou recusar, já não aguento mais. Na guerra se faz como na guerra, não é, minha senhora? – E, lançando um olhar ao redor, acrescentou: – Em momentos como esse, é reconfortante encontrar pessoas que se mostram gentis.

Ele trazia um jornal, que estendeu sobre os joelhos para não manchar a calça, e, com a ponta de uma faca, que sempre levava no bolso, espetou uma coxa toda mergulhada no molho, desmembrou-a com os dentes, depois a mastigou com uma satisfação tão evidente que houve um profundo suspiro de angústia na carruagem.

Bola de Sebo, com voz humilde e delicada, propôs às freiras não se fazer de rogadas. Ambas aceitaram instantaneamente e, sem erguer os olhos, começaram a comer muito depressa, depois de balbuciar agradecimentos. Cornudet também não recusou a oferta da vizinha, e uma espécie de mesa foi formada com as religiosas estendendo jornais sobre os joelhos.

As bocas se abriam e se fechavam sem parar, engoliam, mastigavam, devoravam ferozmente. Loiseau, em seu canto, trabalhava duro e, em voz baixa, incentivava a esposa a imitá-lo. Ela resistiu por longo tempo, mas depois de uma crispação que lhe percorreu as entranhas ela cedeu. Então, o marido, polindo a frase, perguntou à "encantadora companheira" se lhe permitiria oferecer um pedacinho à senhora Loiseau. Com um sorriso amável e estendendo-lhe a terrina, Bola de Sebo respondeu:

– Mas claro, certamente, senhor!

Houve constrangimento quando a primeira garrafa de vinho bordô foi aberta: havia apenas uma taça. Foi passada de mão em mão, depois de enxugada. Só Cornudet, sem dúvida por galanteio, pôs os lábios no lugar ainda úmido dos lábios da vizinha.

Então, rodeados de gente comendo e sufocados pelas emanações dos alimentos, o conde e a condessa de Bréville, bem como o senhor e a senhora Carré-Lamadon, sofreram esse odioso suplício que conservou o nome de Tântalo[3]. De repente, a jovem senhora do fabricante deu um suspiro que

---

3. Suplício de Tântalo é uma expressão que remonta a uma lenda grega. Tântalo, rei da Lídia, foi precipitado no Tártaro (inferno) como castigo por ter oferecido aos deuses seu próprio filho num festim e condenado a não poder saciar sua fome e sua sede num ambiente repleto de frutas e de água. (N.T.)

fez com que todos se voltassem para ela; estava tão branca quanto a neve lá fora; seus olhos se fecharam, sua cabeça pendeu para o lado; tinha desmaiado. O marido, desnorteado, implorou por ajuda. Todos estavam desorientados quando a freira mais velha, segurando a cabeça da doente, pôs a taça de Bola de Sebo entre os lábios da jovem e a fez engolir algumas gotas de vinho. A bela dama se mexeu, abriu os olhos, sorriu e declarou, com uma voz moribunda, que agora se sentia muito bem. Mas, para que isso não voltasse a se repetir, a religiosa a obrigou a beber um copo cheio de bordô e acrescentou: "É fome, só isso".

Então, Bola de Sebo, vermelha e embaraçada, olhando para os quatro viajantes que seguiam em jejum, balbuciou:

– Meu Deus, se eu pudesse oferecer a esses senhores e a essas senhoras...

Calou-se, temendo um ultraje. Loiseau tomou a palavra:

– Ora essa, nesses casos todos somos irmãos e devemos nos ajudar. Vamos, senhoras, sem cerimônia, aceitem, que diabo! Acaso sabemos se vamos encontrar uma casa para pernoitar? Do jeito que estamos indo, não vamos chegar a Tôtes antes do meio-dia de amanhã.

Hesitavam, ninguém ousava assumir a responsabilidade do "sim".

Mas o conde resolveu a questão. Voltou-se para a intimidada moça gorda e, assumindo seu grande ar de fidalgo, disse-lhe:

– Aceitamos, reconhecidos, minha senhora.

Só o primeiro passo foi difícil. Uma vez atravessado o Rubicão⁽⁴⁾, todos se sentiram à vontade. A cesta foi esvaziada. Nela havia ainda um patê de fígado, um patê de cotovia, um pedaço de língua de boi defumada, peras Crassane, uma porção de queijo Pont-l'Evêque, bolinhos e um vidro cheio de pepinos e cebolas em conserva. Bola de Sebo, como todas as mulheres, adorava vegetais crus.

Não se podia comer as provisões da moça sem lhe dirigir a palavra. Passaram, então, a conversar, de início com reserva, depois, como ela se portava muito bem, se soltaram mais. As senhoras Bréville e Carré-Lamadon, mulheres bem vividas, se mostraram afáveis e delicadas. A condessa, de modo particular, demonstrou a amável condescendência das damas de distinta nobreza, que nenhum contato pode manchar, e foi encantadora. Mas a corpulenta senhora Loiseau, que tinha alma de policial, permaneceu mal-humorada, falando pouco e comendo muito.

Falaram da guerra, naturalmente. Relataram fatos horríveis dos prussianos, atos de bravura dos franceses; e todas essas pessoas em fuga prestaram homenagem à coragem dos outros. Logo começaram as histórias pessoais e Bola de Sebo contou, com verdadeira emoção, com esse calor nas palavras que as moças às vezes têm para expressar seus arroubos naturais, como ela havia deixado Rouen, dizendo:

---

4. Atravessar o Rubicão é uma expressão que significa tomar uma decisão audaciosa e irrevogável; faz alusão ao episódio em que César, então governador da Gália, atravessou o rio Rubicão com seu exército, em 49 a.C., o que era ilegal, visto que esse rio fixava a fronteira entre o território de Roma e o da Gália Cisalpina; César não só o atravessou, como também marchou sobre Roma, desencadeando uma guerra civil. (N.T.)

— De início, achei que poderia ficar. Tinha uma casa cheia de provisões e preferia alimentar alguns soldados a me expatriar para não sei onde. Mas, quando vi esses prussianos, aquilo foi mais forte do que eu! Meu sangue ferveu de raiva; e chorei de vergonha o dia todo. Ah! Se eu fosse homem! Eu os observava de minha janela, esses grandes porcos com seus capacetes pontudos, e minha empregada segurava minhas mãos para me impedir de jogar meus móveis em cima deles. Depois vieram alguns deles para se alojar em minha casa; então pulei na garganta do primeiro. Eles não são mais difíceis de estrangular do que outros! E eu teria acabado com ele, se não tivessem me puxado pelos cabelos. Depois disso, fui obrigada a me esconder. Quando, finalmente, encontrei uma oportunidade, fui embora e aqui estou.

Todos a felicitaram; e ela crescia na estima de seus companheiros, que não tinham se mostrado tão corajosos. Cornudet, escutando-a, conservava um sorriso aprovador e benevolente de apóstolo, da mesma forma que um padre ouve um devoto louvar a Deus, pois os democratas de barbas longas têm o monopólio do patriotismo como os homens de batina têm o da religião. Falou, por sua vez, com tom doutrinal, com a ênfase aprendida nas propagandas coladas nos muros todos os dias, e terminou com um trecho de eloquência em que atacava magistralmente esse "crápula do Badinguet"[5].

---

5. *Badinguet* era o apelido irônico de Napoleão III (1808-1873), presidente da República francesa (1848-1852) e depois imperador dos franceses (1852-1870); a origem desse apelido é imprecisa, mas acredita-se que seja em referência ao nome do pedreiro que emprestou as roupas para Napoleão se disfarçar e fugir da prisão, em 1846, onde estava preso por tentativas de rebelião, antes de chegar ao poder e refugiar-se na Inglaterra. (N.T.)

Mas Bola de Sebo logo se ofendeu, pois era bonapartista. Estava ficando mais vermelha do que um pimentão e gaguejando de indignação:

– Gostaria de ter visto vocês no lugar dele, rapazes. Teria sido bonito de ver, ah, sim! Foram vocês que traíram esse homem! Se fôssemos governados por moleques como vocês, nada mais teríamos a fazer senão deixar a França!

Cornudet, impassível, conservava um sorriso desdenhoso e superior, mas se pressentia que os palavrões iriam se desencadear quando o conde interveio e acalmou, não sem dificuldade, a exasperada moça, ao proclamar com autoridade que todas as opiniões sinceras deveriam ser respeitadas. A condessa e a mulher do industrial, no entanto, que traziam na alma o ódio irracional das pessoas de bem pela República e essa ternura instintiva que todas as mulheres nutrem pelos governos de penacho e despóticos, sentiam-se, mesmo a contragosto, atraídas por essa prostituta cheia de dignidade, cujos sentimentos se assemelhavam tão fortemente aos delas.

A cesta estava vazia. Em dez, tinham-na facilmente esgotado, lamentando que não fosse maior. A conversa continuou por algum tempo, um pouco mais fria, contudo, visto que tinham acabado de comer.

A noite caía, a escuridão, aos poucos, se tornou mais profunda e o frio, mais sensível durante a digestão, fazia Bola de Sebo estremecer, apesar de sua gordura. Então, a senhora Bréville lhe ofereceu o aquecedor, cujo carvão havia sido renovado várias vezes desde a manhã; e a outra o aceitou imediatamente, pois sentia os pés gelados. As senhoras Carré-Lamadon e Loiseau emprestaram os seus às religiosas.

O cocheiro tinha acendido as lanternas, que iluminavam com um clarão intenso uma nuvem de vapor acima da garupa suada dos cavalos e, em ambos os lados da estrada, a neve parecia se desfazer sob o reflexo móvel das luzes.

Não se conseguia distinguir mais nada dentro da carruagem, mas de repente houve um movimento entre Bola de Sebo e Cornudet; e Loiseau, cujos olhos esquadrinhavam as sombras, julgou ter visto o homem de longa barba afastar-se rapidamente como se tivesse recebido um belo golpe disparado silenciosamente.

Pequenos pontos luminosos apareceram à frente, na estrada. Era Tôtes. Tinham viajado onze horas que, com as duas horas de descanso dadas em quatro vezes aos cavalos para comer aveia e respirar, perfaziam catorze. Entraram na aldeia e pararam diante do Hôtel du Commerce.

A portinhola se abriu! Um ruído bastante conhecido fez estremecer todos os viajantes; eram as batidas de um sabre contra o chão. Em seguida, a voz de um alemão gritou algum coisa.

Embora a diligência estivesse parada, ninguém descia, como se esperassem ser massacrados na saída. Então, o condutor apareceu, com uma das lanternas na mão, que subitamente iluminou até o fundo da carruagem as duas fileiras de rostos sobressaltados, todos de boca aberta e olhos arregalados de surpresa e pavor.

Ao lado do cocheiro estava, em plena luz do dia, um oficial alemão – um jovem alto, excessivamente magro e loiro, apertado em seu uniforme como uma moça em seu espartilho, com o boné liso e encerado pendendo para o lado, que o fazia parecer o porteiro de um hotel inglês. Seu bigode desmesurado, de pelos compridos e retos, afinando indefinidamente de cada lado e terminando num único fio loiro, tão fino que não se via a ponta, parecia pesar nos cantos da boca e, repuxando a bochecha, imprimia aos lábios uma dobra descaída.

Convidou, num francês alsaciano, os viajantes a sair, dizendo em tom áspero:

– Querem descer, senhores e senhoras?

As duas freiras foram as primeiras a obedecer com uma docilidade de mulheres santas habituadas a todas as submissões. O conde e a condessa apareceram logo depois, seguidos pelo industrial e sua mulher, depois por Loiseau, empurrando à frente sua volumosa cara-metade. Este último, ao pôr o pé no chão, disse ao oficial, "Bom dia, senhor", muito mais por um sentimento de prudência do que por educação. O outro, insolente como os todo-poderosos, olhou para ele sem responder.

Bola de Sebo e Cornudet, embora perto da portinhola, desceram por último, graves e altivos diante do inimigo. A moça gorda tentava se controlar e ficar calma; o democrata agitava, com mão trágica e um pouco trêmula, a longa barba avermelhada. Queriam manter a dignidade, entendendo que nesses encontros cada um representa um pouco sua pátria; e igualmente revoltados com a total sujeição de seus companheiros, ela tratava de se mostrar mais senhora de si do que suas vizinhas, as mulheres de bem, enquanto ele, percebendo que devia dar o exemplo, continuava em sua inalterada atitude a missão de resistência que havia começado com a obstrução das estradas.

Entraram na vasta cozinha da estalagem, e o alemão, depois de ter exigido a autorização de viagem assinada pelo general e na qual eram mencionados os nomes, as características e a profissão de cada viajante, passou a examinar demoradamente a todos, comparando as pessoas com as informações escritas.

Depois, disse bruscamente: "Está bem". E desapareceu.

Então, respiraram fundo. Mas ainda estavam com fome; pediram o jantar. Tinham de esperar meia hora até ficar pronto; e, enquanto duas criadas pareciam cuidar disso, foram ver os quartos. Estavam todos num longo corredor que terminava com uma porta envidraçada marcada com um número berrante.

Por fim, estavam se dirigindo à mesa quando apareceu o dono do albergue. Era um antigo comerciante de cavalos, homem gordo e asmático, que estava com o peito assobiando o tempo todo, pigarreando, com uma tosse rouca e catarrenta. Seu pai havia lhe dado o nome de Follenvie.

Ele perguntou:

– Senhorita Élisabeth Rousset?

Bola de Sebo estremeceu e se virou:

– Sou eu.

– O oficial prussiano quer falar com a senhorita imediatamente.

– Comigo?

– Sim, se é mesmo a senhorita Élisabeth Rousset.

Ela ficou confusa, pensou um segundo, depois disse sem rodeios:

– É possível, mas eu não vou.

Houve um alvoroço em torno dela; todos discutiam, procurando a causa dessa ordem. O conde se aproximou:

– Está errada, senhora, pois sua recusa pode trazer dificuldades consideráveis não só para a senhora, mas também para seus companheiros. Não se deve resistir às pessoas que são mais fortes. Com certeza, essa solicitação não pode apresentar nenhum perigo; sem dúvida, é por causa de alguma formalidade esquecida.

Todos se juntaram a ele e passaram a implorar à moça, a pressioná-la, a aconselhá-la e acabaram por convencê-la; pois todos temiam as complicações que poderiam resultar de uma resposta indevida. Finalmente, ela disse:

– É por vocês que o faço, estejam certos!

A condessa lhe tomou a mão:

– E nós lhe agradecemos.

Ela saiu e eles a esperaram para tomar lugar à mesa.

Cada um deles lamentava não ter sido chamado no lugar dessa moça violenta e irascível e preparava mentalmente banalidades como resposta para o caso de ser chamado.

Mas, depois de dez minutos, ela reapareceu, ofegante, vermelha como se estivesse ssendo sufocada, exasperada. E gaguejou: "Ah! Canalha! Canalha!".

Todos estavam ansiosos para saber o que aconteceu, mas ela não disse nada; e, como o conde insistiu, ela respondeu com grande dignidade:

– Não, isso não é de sua conta; não posso falar.

Sentaram-se, então, em torno de uma grande sopeira, que emanava um aroma de couve. Apesar do susto, o jantar foi divertido. A sidra era boa, o casal Loiseau e as freiras se serviram dela por economia. Os outros pediram vinho; Cornudet pediu cerveja. Ele tinha um jeito especial de abrir a garrafa, de fazer o líquido espumar, de examiná-lo inclinando o copo, que em seguida erguia entre a lamparina para apreciar a cor. Quando bebia, sua longa barba, que conservara o mesmo colorido de sua bebida preferida, parecia estremecer de ternura; seus olhos se enviesavam para não perder de vista seu copo, e ele dava a impressão de estar cumprindo a única função para a qual tinha nascido. Pode se dizer que criava em sua mente uma aproximação e certa afinidade entre as duas grandes paixões que ocupavam toda a sua vida: a cerveja Pale Ale e a Revolução; e com toda a certeza ele não podia degustar uma sem pensar na outra.

O sr. e a sra. Follenvie jantavam na ponta da mesa. O homem, arfando como uma locomotiva desconjuntada, tinha muita dificuldade de respirar para poder falar enquanto comia; mas a mulher não se calava nunca. Ela contou todas as suas impressões sobre a chegada dos prussianos, o que faziam, o que diziam, execrando-os, primeiro porque custavam-lhe dinheiro e, depois, porque ela tinha dois filhos no Exército. Dirigia-se especialmente à condessa, sentindo-se lisonjeada por estar conversando com uma dama de categoria.

Depois, baixava a voz para dizer coisas delicadas; e seu marido, de vez em quando, a interrompia:

– Seria melhor que se calasse, sra. Follenvie.

Mas ela o ignorava e continuava:

– Sim, madame, só o que essa gente sabe fazer é comer batatas e carne de porco e, depois, carne de porco e batatas. E não pense que são limpos. Ah, não! Emporcalham tudo, desculpe o termo. E se a senhora os visse fazendo exercícios durante horas e dias; ficam todos ali, num campo: e marcham para frente e marcham para trás e viram para um lado e viram para outro; se cultivassem a terra pelo menos ou trabalhassem nas estradas no país deles! Mas não, madame, esses soldados não são úteis para ninguém! E ainda é preciso que o pobre povo os alimente para que nada mais aprendam a não ser massacrar! Sou apenas uma velha sem instrução, é verdade, mas quando vejo esses homens se exaurindo, marchando dia e noite, penso comigo mesma: Por que há pessoas que se esforçam tanto para serem úteis, enquanto outras se empenham em causar danos? Realmente, não é uma abominação matar pessoas, sejam elas prussianas, inglesas, polonesas ou francesas? Se a gente se vinga de alguém que nos prejudicou, é ruim, pois nos condenam; mas quando exterminam nossos meninos a tiro de fuzil, como se fossem um animal de caça, então está tudo bem, já que dão condecorações àqueles que mais destruiu! Não, veja bem, eu nunca vou compreender isso!

Cornudet ergueu a voz:

– A guerra é uma barbárie quando se ataca um vizinho pacífico; é um dever sagrado quando se defende a pátria.

A velha abaixou a cabeça:

– Sim, quando alguém se defende, é outra coisa; mas, em vez disso, não seria melhor matar todos os reis que fazem isso por prazer?

Os olhos de Cornudet se inflamaram, e ele exclamou:

– Bravo, cidadã!

O senhor Carré-Lamadon refletia profundamente. Embora fosse admirador fanático dos ilustres capitães, o bom senso dessa camponesa o fazia pensar na riqueza que trariam a um país tantos braços desocupados e, consequentemente, danosos, se tanta força mantida improdutiva fosse empregada nas grandes obras industriais que levarão séculos para serem concluídas.

Mas Loiseau, deixando seu lugar, foi conversar em voz baixa com o estalajadeiro. O gordo ria, tossia, cuspia; a enorme barriga pulava de alegria com as piadas do vizinho, e acabou comprando dele seis barris de vinho bordô para a primavera, quando os prussianos já tivessem partido.

Mal terminado o jantar, como estavam mortos de cansaço, foram se deitar.

No entanto, Loiseau, que tinha observado todas as coisas, deixou a mulher deitada na cama e grudou ora o ouvido, ora o olho, no buraco da fechadura para tentar descobrir o que ele chamava de "mistérios do corredor". Mais ou menos uma hora depois, ouviu um burburinho, olhou rapidamente e viu Bola de Sebo, que parecia ainda mais cheia sob um roupão de casimira azul bordado com rendas brancas. Ela trazia um castiçal na mão e se dirigia para o grande número no final do corredor. Mas uma porta ao lado se entreabriu e, quando ela voltou, depois de alguns minutos, Cornudet, de suspensórios, a seguia. Falavam baixinho e logo pararam. Bola de Sebo parecia defender a entrada de seu quarto com energia. Loiseau, infelizmente, não conseguia ouvir as palavras, mas no fim, como levantassem a voz, pôde captar algumas delas. Cornudet insistia com veemência, dizendo:

– Qual é, não seja boba, que mal isso pode lhe fazer?

Ela se mostrava indignada e respondeu:

– Não, meu caro, há momentos em que não é possível fazer essas coisas; e mais, aqui, seria uma vergonha.

Ele não entendia, sem dúvida, e perguntou por quê. Então, ela se exaltou, elevando ainda mais o tom:

– Por quê? Não compreende por quê? Porque há prussianos na casa, no quarto ao lado, talvez?

Ele se calou. Esse pudor patriótico de prostituta que não se deixava acariciar perto do inimigo deve ter despertado em seu coração sua dignidade enfraquecida, pois, depois de ter lhe dado apenas um beijo, voltou para o quarto na ponta dos pés.

Loiseau, muito excitado, abandonou a fechadura, deu um salto em seu quarto, enfiou a touca, ergueu a coberta sob a qual jazia a dura carcaça de sua companheira, que ele acordou com um beijo, sussurrando:

– Você me ama, querida?

Então, toda a casa caiu no silêncio. Mas logo surgiu em algum lugar, numa direção indeterminada que poderia ser tanto a adega quanto o sótão, um ronco poderoso, monótono, regular, um ruído surdo e prolongado, com estremecimentos de uma caldeira sob pressão. O senhor Follenvie dormia.

Como haviam decidido partir às oito horas do dia seguinte, todos se encontraram na cozinha; mas a carruagem, cujo toldo tinha uma camada de neve, aparecia solitária no meio do pátio, sem cavalos e sem condutor. Procuraram-no em vão nos estábulos, no meio da forragem, nas cocheiras. Então, todos os homens resolveram fazer uma busca nas redondezas e saíram. Encontraram-se na praça, com a igreja ao fundo e, dos dois lados, casas baixas nas quais podiam ser vistos soldados prussianos. O primeiro que viram estava descascando batatas. O segundo, mais longe, lavava o salão do barbeiro. Outro, com a barba até os olhos, abraçava um menino que chorava e o embalava no colo, tentando acalmá-lo; e as gordas camponesas, cujos homens estavam no "exército de guerra", indicavam com sinais a seus obedientes vencedores o trabalho que devia ser feito: cortar lenha, engrossar a sopa, moer o café; um deles até lavava a roupa de sua anfitriã, uma avó já incapaz de qualquer trabalho. Surpreso, o conde perguntou ao sacristão que saía do presbitério. O velho rato de igreja respondeu:

– Oh! Esses não são maus; não são prussianos, pelo que dizem. São de mais longe; não sei bem de onde; e todos eles deixaram mulher e filhos em seu país; a guerra não os diverte, sem dúvida! Tenho certeza de que também por lá choram por seus homens; e isso vai causar uma grande miséria tanto para eles quanto para nós. Aqui, por ora, não estamos em total desgraça, porque eles não fazem mal nenhum e trabalham como se estivessem na casa deles. Veja bem, senhor, entre pobres, temos que nos ajudar uns aos outros... São os grandes que fazem a guerra.

Cornudet, indignado com o cordial entendimento estabelecido entre vencedores e vencidos, retirou-se, preferindo encerrar-se na estalagem. Loiseau não perdeu a ocasião para uma piada: "Eles repovoam". O senhor Carré-Lamadon preferiu falar sério: "Eles consertam". Mas não conseguiam encontrar o cocheiro. No fim, foi descoberto no café do vilarejo, sentado fraternalmente à mesa com o ordenança do oficial. O conde o interpelou:

– Você não recebeu ordens de atrelar os cavalos para as oito horas?

– Sim, mas me deram outra ordem depois.

– Qual?

– De não atrelar para hora nenhuma.

– Quem lhe deu essa ordem?

– Ora! O comandante prussiano.

– Por quê?

– Não faço ideia. Vá perguntar a ele. Estou proibido de atrelar, então, não vou atrelar. E estamos conversado.

– Foi ele próprio quem lhe disse isso?

– Não, senhor, foi o estalajadeiro que me deu a ordem da parte dele.

– Quando?

– Ontem à noite, quando ia me deitar.

Os três homens voltaram para o albergue, muito preocupados.

Perguntaram pelo senhor Follenvie, mas a criada respondeu que, por causa da asma, ele nunca se levantava antes das dez horas. Ele inclusive havia proibido formalmente de acordá-lo mais cedo, exceto em caso de incêndio.

Quiseram ver o oficial, mas isso era absolutamente impossível, embora ele estivesse hospedado na estalagem; só o senhor Follenvie estava autorizado a falar com ele sobre assuntos civis. Então, esperaram. As mulheres subiram para os quartos e se ocuparam com futilidades.

Cornudet instalou-se perto da ampla lareira da cozinha, em que ardia um belo fogo. Mandou trazer uma das mesinhas do café, uma caneca de cerveja e pegou o cachimbo, que, entre os democratas, gozava de uma consideração quase igual à sua, como se servisse à pátria ao servir a Cornudet. Era um soberbo cachimbo de magnesita, admiravelmente chamuscado, tão preto quanto os dentes de seu dono, mas perfumado, recurvo, reluzente, acostumado à mão dele e completando sua fisionomia. E ele permaneceu imóvel, com os olhos ora fixos na chama da lareira, ora na espuma que coroava a caneca de cerveja; e, a cada gole, passava com ar satisfeito seus longos e magros dedos pelos cabelos compridos e ensebados, enquanto lambia o bigode recoberto com franjas de espuma.

Loiseau, a pretexto de desentorpecer as pernas, foi vender vinho aos negociantes locais. O conde e o industrial passaram a falar de política. Previam o futuro da França. Um acreditava na casa dos Orléans, o outro num salvador desconhecido, um herói que se revelaria quando tudo estivesse em desespero: um Du Guesclin[6], uma Joana d'Arc[7], talvez? Ou outro Napoleão I? Ah! Se o príncipe imperial não fosse tão jovem! Cornudet, escutando-os, sorria como homem que conhece o segredo do destino. O cachimbo perfumava a cozinha.

Quando o relógio bateu dez horas, o senhor Follenvie apareceu. Interrogaram-no depressa, mas ele só conseguiu repetir duas ou três vezes, sem variantes, estas palavras: "O oficial me disse assim: Senhor Follenvie, o senhor deve proibir que a carruagem desses viajantes seja atrelada amanhã. Não quero que eles partam sem minha ordem. Estamos entendido? Isso é tudo."

---

6. Bertrand du Guesclin (c. 1320-1380) foi um guerreiro e herói francês do período medieval; entre as muitas campanhas bélicas que comandou, destaca-se a da expulsão dos ingleses, em 1370, do território da França. (N.T.)

7. Joana d'Arc (1412-1431), heroína francesa que comandou as tropas do exército na libertação de cidades sitiadas pelos ingleses; ferida em batalha, foi capturada e entregue aos ingleses em Rouen, onde foi condenada à fogueira por crime de heresia. (N.T.)

Então, quiseram falar o oficial. O conde enviou-lhe seu cartão, no qual o senhor Carré-Lamadon acrescentou seu nome e todos os seus títulos. O prussiano mandou dizer que receberia esses dois homens depois do almoço, ou seja, por volta da uma hora.

As senhoras reapareceram e todos comeram um pouco, apesar da inquietação. Bola de Sebo parecia doente e profundamente perturbada.

Terminavam de tomar o café quando o ordenança veio buscar os dois senhores.

Loiseau juntou-se a eles; tentaram levar junto Cornudet, para dar mais solenidade à iniciativa, mas ele declarou orgulhosamente que jamais pretendia ter qualquer tipo de relação com os alemães e voltou para sua lareira, pedindo outra caneca de cerveja. Os três homens subiram e foram introduzidos no mais belo aposento da estalagem, onde o oficial os recebeu, estendido numa poltrona, com os pés sobre a borda da lareira, fumando um longo cachimbo de porcelana e envolto num roupão flamejante, roubado, sem dúvida, da casa abandonada de algum burguês de mau gosto. Não se levantou, não os cumprimentou, não olhou para eles. Era uma magnífica amostra da grosseria do militar vitorioso.

Depois de alguns instantes, disse finalmente:

– O que é que vocês querem?

O conde tomou a palavra:

– Desejamos partir, senhor.

– Não.

– Poderia perguntar-lhe a razão dessa recusa?

– Porque não quero.

– Gostaria de, respeitosamente, lhe fazer uma observação, senhor. O seu comandante-em-chefe nos deu permissão de ir a Dieppe; e não creio que tenhamos feito alguma coisa para merecer seus rigores.

– Eu não quero... Isso é tudo... Vocês podem descer.

Os três fizeram uma inclinação e se retiraram.

A tarde foi lamentável. Não conseguiam entender esse capricho do alemão; e as ideias mais singulares perturbavam as mentes. Todos ficaram na cozinha e discutiam sem cessar, imaginando coisas inverossímeis. Talvez quisessem mantê-los como reféns... mas com que propósito? Ou levá-los como prisioneiros? Ou, ainda, pedir-lhes um resgate considerável? Diante dessa ideia, o pânico tomou conta deles. Os mais ricos eram os mais apavorados, vendo-se já forçados, para resgatar sua vida, a depositar sacos cheios de ouro nas mãos desse soldado insolente. Quebravam a cabeça para descobrir mentiras aceitáveis, para dissimular suas riquezas, para se fazer passar por pobres, muito pobres. Loiseau retirou a corrente do relógio e a escondeu no bolso. A noite que caía aumentou a apreensão. A lamparina foi acesa e, como ainda faltavam duas horas para o jantar, a senhora Loiseau propôs jogar uma partida de cartas. Seria uma distração. Aceitaram. O próprio Cornudet, tendo apagado o cachimbo por educação, tomou parte no jogo.

O conde embaralhou as cartas e as distribuiu. Bola de Sebo

ganhou a primeira rodada, e logo o interesse pelo jogo dissipou o medo que assombrava os espíritos. Mas Cornudet percebeu que o casal Loiseau estava de combinação para trapacear.

Quando estavam para se sentar à mesa, o senhor Follenvie reapareceu; e, com sua voz fanhosa, disse:

– O oficial prussiano manda perguntar à senhorita Elisabeth Rousset se ela mudou de ideia.

Bola de Sebo permaneceu de pé, totalmente pálida; depois, ficando subitamente vermelha, teve um acesso de raiva tão grande que mal conseguia falar. Por fim, ela explodiu:

– Vá dizer a esse crápula, a esse porcalhão, a esse prussiano nojento que nunca vou querer; entendeu bem? Nunca, nunca, nunca.

O gordo estalajadeiro saiu. Então, Bola de Sebo foi cercada, interrogada, solicitada por todos a fim de desvendar o mistério de sua visita. De início, ela resistiu; mas a exasperação logo a dominou e gritou:

– O que ele quer?... Oque ele quer? Quer dormir comigo!

Ninguém ficou chocado com essas palavras tão viva foi a indignação. Cornudet quebrou seu copo de cerveja ao pousá-lo violentamente sobre a mesa. Um clamor de reprovação eclodiu contra esse ignóbil soldado, um sopro de cólera, uma união de todos pela resistência, como se tivessem pedido a cada um deles uma parte do sacrifício exigido dela. O conde declarou com desgosto que soldados desse tipo se comportavam como os antigos bárbaros. As mulheres, de modo particular, testemunharam uma comiseração enérgica e carinhosa para com Bola de Sebo. As freiras, que só apareciam durante as refeições, baixaram a cabeça e nada disseram.

Quando o primeiro furor foi suavizado, finalmente, jantaram; mas falaram pouco. Ficaram pensativos.

As senhoras se retiraram cedo e os homens ficaram fumando, enquanto organizavam um jogo de cartas, para o qual convidaram o senhor Follenvie com a intenção de habilmente interrogá-lo sobre os meios necessários para vencer a resistência do oficial. Mas ele pensava apenas nas cartas, sem dar ouvidos a nada, sem responder a nada, e ficava repetindo sem cessar: "ao jogo, senhores, ao jogo". A atenção no jogo era tão intensa que se esquecia até de cuspir, o que lhe produzia às vezes notas musicais em seu peito. Os pulmões sibilantes davam toda a gama da asma, desde as notas graves e profundas até a rouquidão aguda dos frangos ensaiando o primeiro canto.

Ele se recusou a subir mesmo quando sua esposa, caindo de sono, veio buscá-lo. Então, ela foi embora sozinha, pois era "da manhã", levantava-se sempre com o sol, enquanto seu marido era "da tarde", sempre pronto a passar a noite com os amigos. Ele gritou para ela: "Põe minha gemada perto do fogo". E voltou ao jogo. Quando viram que não conseguiam arrancar nada dele, disseram que era hora de parar e todos foram para a cama.

No dia seguinte, levantaram-se de novo bem cedo, com uma vaga esperança, com um desejo maior de ir embora, com um terror do dia que deveriam passar nessa pequena e horrível estalagem.

Ai! Os cavalos continuavam no estábulo e o cocheiro permanecia invisível. Sem ter o que fazer, foram dar uma volta em torno da carruagem.

O almoço foi bem triste; e tinha se criado uma espécie de frieza em relação a Bola de Sebo, pois a noite, que traz bons conselhos, havia modificado um pouco os julgamentos. Agora, estavam quase zangados com a moça por ela não ter ido secretamente procurar o prussiano, a fim de dar a seus companheiros uma agradável surpresa quando acordassem. O que poderia ser mais simples? Quem haveria de saber, afinal? Ela poderia ter salvo as aparências pedindo ao oficial que dissesse que ela tivera pena da aflição deles. Para ela, isso tinha tão pouca importância!

Mas ninguém confessava ainda esses pensamentos.

À tarde, como morriam de tédio, o conde propôs a todos dar um passeio pelos arredores da aldeia. Todos se agasalharam com cuidado, e o pequeno grupo partiu, com exceção de Cornudet, que preferia ficar perto do fogo, e das freiras, que passavam os dias na igreja ou na casa do pároco.

O frio, mais intenso a cada dia, castigava cruelmente o nariz e as orelhas; os pés estavam ficando tão doloridos que cada passo era um verdadeiro suplício; e, quando os campos se abriram, pareceram-lhes tão assustadoramente lúgubres sob essa brancura ilimitada que todos voltaram imediatamente com a alma gelada e o coração apertado.

As quatro mulheres caminhavam à frente, os três homens as seguiam, um pouco atrás.

Loiseau, que compreendia a situação, perguntou de repente se aquela "vadia" ia fazer com que ficassem muito tempo em semelhante local. O conde, sempre cortês, disse que não se podia exigir de uma mulher um sacrifício tão penoso e que isso deveria partir dela mesma. O senhor Carré-Lamadon observou que, se os franceses fizessem, como era de se esperar, uma contraofensiva por Dieppe, o encontro das tropas se daria em Tôtes. Essa reflexão deixou os outros dois preocupados.

– Se fugíssemos a pé – disse Loiseau.

O conde deu de ombros:

– Com essa neve? Com nossas mulheres? Além disso, seríamos perseguidos imediatamente, alcançados em dez minutos e trazidos de volta prisioneiros à mercê dos soldados.

Era verdade; calaram-se.

As senhoras falavam de roupas; mas certo constrangimento parecia desuni-las.

De repente, no final da rua, o oficial apareceu. Sobre a neve que fechava o horizonte, ele projetava seu grande porte de vespão de uniforme e avançava, com os joelhos afastados, com aquele movimento peculiar dos militares que se esforçam para não manchar as botas cuidadosamente engraxadas.

Fez uma reverência ao passar pelas senhoras e olhou com desdém para os homens, que tiveram, de resto, a dignidade de não tirar o chapéu para ele, embora Loiseau esboçasse um gesto de tirar o seu.

Bola de Sebo tinha ficado vermelha até a raiz dos cabelos; e as três mulheres casadas sentiam grande humilhação por terem sido encontradas por esse soldado na companhia da moça que ele havia tratado de forma tão deselegante.

Então, falaram dele, de seu porte, de seu rosto. A senhora Carré-Lamadon, que havia conhecido muitos oficiais e os julgava com conhecimento de causa, achava que ele não era de se jogar fora; até lamentava que não fosse francês, porque daria um belo de um hussardo, por quem todas as mulheres certamente haveriam de se apaixonar.

Uma vez de volta à estalagem, não sabiam mais o que fazer. Palavras azedas, inclusive, foram trocadas por causa de coisas insignificantes. O jantar, silencioso, durou pouco e cada um subiu para o respectivo quarto, esperando dormir para matar o tempo.

No dia seguinte, desceram com o rosto cansado e o coração exasperado. As mulheres mal falavam com Bola de Sebo.

Um sino tocou. Era para um batizado. A moça gorda tinha um filho criado por camponeses de Yvetot. Não o via nem uma vez por ano e nunca se preocupava com ele; mas o pensamento daquele que estava para ser batizado fez brotar no coração dela uma súbita e violenta ternura pelo seu; e ela fez absoluta questão de assistir à cerimônia.

Logo que ela saiu, todos se entreolharam, depois aproximaram as cadeiras, pois sentiam que era preciso, finalmente, decidir alguma coisa. Loiseau teve uma ideia: era a favor de sugerir que o oficial ficasse somente com Bola de Sebo e deixasse os outros partirem. O senhor Follenvie encarregou-se novamente de transmitir o pedido, mas desceu quase imediatamente. O alemão, que conhecia a natureza humana, o tinha posto para fora. Pretendia reter todos até que seu desejo fosse satisfeito.

Então, o temperamento plebeu da senhora Loiseau explodiu:

– Mas não vamos morrer de velhice aqui. Uma vez que é a profissão dela, dessa bastarda, fazer isso com todos os homens, acho que ela não tem o direito de recusar um e não recusar outro. Pensem um pouco, essa já pegou tudo o que encontrou em Rouen, até cocheiros! Sim, senhora, o cocheiro da prefeitura! Sei disso muito bem, ele compra vinho lá na loja. E hoje, que se trata de nos livrar desse embaraço, se faz de difícil, essa safada!... Por mim, acho que esse oficial se comporta muito bem. Anda privado talvez há muito tempo; e aqui estávamos nós três, que ele, sem dúvida, teria preferido. Mas não, ele se contenta com essa que se entrega a todo mundo. Ele respeita as mulheres casadas. Pensem bem, portanto, ele é o chefe. Bastava-lhe dizer "eu quero", e poderia nos tomar à força com seus soldados.

As duas mulheres tiveram um pequeno arrepio. Os olhos da bela senhora Carré-Lamadon brilhavam e ela estava um pouco pálida, como se já se sentisse levada à força pelo oficial.

Os homens, que estavam discutindo um pouco afastados, se aproximaram. Loiseau, furibundo, queria entregar "essa miserável", pés e mãos atados, ao inimigo. Mas o conde, descendente de três gerações de embaixadores e dotado de um físico de diplomata, era a favor da habilidade e sentenciou:

– Seria preciso convencê-la.

Então, conspiraram.

As mulheres se juntaram, o tom de voz foi abaixado e a discussão se tornou geral, cada um dando sua opinião. De resto, era mais que conveniente. Essas senhoras, de modo particular, encontravam refinados fraseados, encantadoras sutilezas de expressão, para dizer as coisas mais escabrosas. Um estranho não teria entendido nada, tamanhas eram as precauções de linguagem. Mas, como a leve camada de pudor, com que se recobre toda mulher da sociedade, só protege a superfície, elas se deleitavam nessa aventura licenciosa; no fundo, divertiam-se loucamente, sentindo-se em seu elemento, especulando sobre o amor com a sensualidade de um cozinheiro glutão que prepara a ceia de outro.

A alegria voltava sem esforço tanto a história lhes parecia engraçada. O conde contou anedotas um pouco ousadas, mas tão bem proferidas, que faziam sorrir. Por sua vez, Loiseau soltou algumas piadas mais picantes, que não chocaram ninguém; e o pensamento expresso brutalmente por sua esposa dominava todas as mentes: "Já que essa era a profissão da moça, por que haveria de recusar um em detrimento de outro?" A amável senhora Carré-Lamadon parecia até mesmo pensar que, em seu lugar, ela recusaria menos esse que qualquer outro.

Prepararam o cerco longamente, como se fosse para tomar de assalto uma fortaleza. Cada um decidiu o papel que haveria de desempenhar, os argumentos em que se apoiaria, as manobras que deveria executar. Acertaram o plano dos ataques, os artifícios a empregar e as surpresas do assalto, para forçar a cidadela viva a receber o inimigo na praça.

Cornudet, no entanto, permanecia indiferente, completamente alheio a esse assunto.

Uma atenção tão profunda dominava a mente deles que não ouviram Bola de Sebo voltar. Mas o conde assobiou um leve "pst!" que fez todos os olhos se erguerem. Ela estava lá. Calaram-se bruscamente, e certo embaraço impediu, de início, de falar com ela. A condessa, mais afeita que as outras à duplicidade dos salões, perguntou-lhe:

– Estava divertido o batizado?

A moça, ainda emocionada, contou tudo, descreveu os rostos, as atitudes e até a decoração da igreja. Acrescentou: "É tão bom orar às vezes".

Até o almoço, no entanto, essas senhoras se contentaram em ser amáveis com ela para aumentar sua confiança e receptividade aos conselhos delas.

Logo que sentaram à mesa, começaram as abordagens. No início, foi uma conversa vaga sobre dedicação. Citaram exemplos antigos: Judite e Holofernes[8], depois, sem qual-

---

8. Referência à judia Judite, que, bela e elegantemente vestida, entrou na tenda do general assírio Holofernes, que cercava a cidade de Betúlia; enquanto ele dormia, embriagado, Judite tomou a espada do general e o decaptou, libertando assim sua cidade do assédio (cf. Livro de Judite, constante da Bíblia católica e ortodoxa) (N.T.).

quer razão, Lucrécia com Sextus[9], Cleópatra[10] fazendo passar por sua cama todos os generais inimigos e reduzindo-os ao servilismo de escravos. Em seguida, desfiaram uma história fantasiosa, nascida na imaginação desses milionários ignorantes, em que as cidadãs de Roma iam dormir em Cápua nos braços de Aníbal[11] e, com ele, seus tenentes e as falanges dos mercenários. Mencionaram todas as mulheres que pararam conquistadores, que fizeram de seu corpo um campo de batalha, um meio de dominação, uma arma, que venceram com suas heroicas carícias seres hediondos ou detestáveis e que sacrificaram sua castidade por vingança e por abnegação.

Falaram até, em termos velados, dessa inglesa de nobre família que se deixara inocular com uma horrível e contagiosa doença para transmiti-la a Bonaparte, salvo milagrosamente por uma fraqueza súbita na hora do encontro fatal.

E tudo foi dito de maneira conveniente e moderada, em que por vezes irrompia um entusiasmo deliberado e próprio para excitar a emulação.

Poder-se-ia acreditar, enfim, que o único papel da mulher, aqui na terra, era um perpétuo sacrifício de sua pes-

---

9. Lucrécia, mulher de um parente do rei de Roma Tarquínio, o Soberbo. Foi estuprada pelo filho dele, Sextus; arrasada, ela se suicidou com um golpe de punhal; diante do fato, o povo se revoltou e destituiu o rei, pondo fim à monarquia em Roma no ano 509 a.C. (N.T.)

10. Alusão à rainha do Egito Cleópatra VII (69-30 a.C.), que seduziu Júlio César e depois o general romano Antônio para se conservar no trono. (N.T.)

11. Referência ao general cartaginês Aníbal (247-183 a.C.), que invadiu a Itália com seus exércitos, conquistando e aterrorizando cidades; conta-se que jovens e belas mulheres romanas o seguiram até Cápua, nas proximidades de Nápoles, onde estava aquartelado, entregando-se a ele para enfraquecê-lo e dissuadi-lo de conquistar Roma. (N.T.)

soa, um abandono contínuo aos caprichos da soldadesca. As duas freiras pareciam não ouvir, perdidas em pensamentos profundos. Bola de Sebo nada dizia.

Durante toda a tarde, deixaram-na refletir. Mas, em vez de chamá-la de "senhora", como tinham feito até então, diziam simplesmente "senhorita", sem que ninguém soubesse bem por quê, como se quisessem fazê-la descer um grau na estima que havia conquistado, fazendo-a sentir sua vergonhosa situação.

No momento em que serviram a sopa, o senhor Follenvie reapareceu, repetindo a frase da véspera: "O oficial prussiano manda perguntar à senhorita Elisabeth Rousset se ela mudou de ideia".

Bola de Sebo respondeu secamente:

– Não, senhor.

Mas no jantar a coalizão enfraqueceu. Loiseau soltou três frases infelizes. Todos se empenhavam para descobrir novos exemplos e nada encontravam, quando a condessa, talvez sem premeditação, sentindo uma vaga necessidade de prestar homenagem à religião, interrogou a freira mais idosa sobre os grandes feitos da vida dos santos. Ora, muitos tinham cometido atos que seriam crimes a nossos olhos; mas a Igreja absolve facilmente essas faltas quando elas são realizadas para a glória de Deus ou para o bem do próximo. Era um argumento poderoso: a condessa se aproveitou dele. Então, seja por um desses acordos tácitos, dessas complacências veladas, em que se sobressai quem se veste de hábito eclesiástico, seja simplesmente pelo efeito de uma feliz falta de inteligência, de uma providencial asneira, a velha freira trouxe à conspiração um formidável apoio. Achavam que era tímida, mas ela se mostrou ousada, loquaz, violenta. Não se preocupava com os emaranhados da casuística; sua doutrina parecia uma barra de ferro; sua fé nunca vacilava; sua consciência não tinha escrúpulos.

Julgava o sacrifício de Abraão muito natural, pois ela teria imediatamente matado pai e mãe por ordem vinda do Alto; e nada, em sua opinião, poderia desagradar ao Senhor quando a intenção era louvável. A condessa, valendo-se da sagrada autoridade de sua inesperada cúmplice, levou-a a fazer uma paráfrase edificante desse axioma moral: "O fim justifica os meios".

Interrogava-a:

– Então, irmã, pensa que Deus aceita todos os caminhos e perdoa o ato quando o motivo é puro?

– Quem poderia duvidar disso, senhora? Uma ação condenável em si muitas vezes se torna meritória pela intenção que a inspira.

E assim continuavam, desemaranhando as vontades de Deus, prevendo suas decisões, fazendo-O se interessar por coisas que, na verdade, não lhe diziam respeito.

Tudo isso era dissimulado, hábil, discreto. Mas cada palavra da santa filha da Igreja abria uma brecha na resistência indignada da cortesã. Depois, com a conversa se desviando um pouco, a mulher dos rosários pendentes falou das casas de sua congregação, de sua superiora, de si própria e de sua simpática vizinha, a querida Irmã Saint-Nicéphore. Tinham sido chamadas a Le Havre para tratar de centenas de soldados hospitalizados, acometidos de varíola. Ela os descreveu, aqueles miseráveis, deu detalhes da doença. E, enquanto eram detidos a caminho pelos caprichos desse prussiano, grande número de franceses, que elas talvez pudessem salvar, poderia morrer! Era sua especialidade cuidar de militares; tinha estado na Crimeia, na Itália, na Áustria e, ao relatar suas campanhas, ela se revelou, de repente, uma dessas freiras com tambores e trombetas que parecem feitas para seguir os acampamentos, para recolher os feridos nas frentes de batalhas e, melhor do que um comandante, domar com uma só palavra os veteranos soldados indisciplinados; uma verdadeira irmã Rataplã, cujo rosto arruinado, crivado de incontáveis buracos, parecia uma imagem das devastações da guerra.

Ninguém disse nada depois dela, tão formidável parecia o efeito.

Assim que a refeição acabou, voltaram rapidamente para os quartos, para só descer no dia seguinte, tarde da manhã.

O almoço foi tranquilo. Davam à semente lançada na véspera o tempo de germinar e dar frutos.

A condessa propôs dar um passeio à tarde; então, o conde, como combinado, tomou Bola de Sebo pelo braço e ficou atrás dos demais, só com ela.

Falou-lhe naquele tom familiar, paternal, um pouco

desdenhoso, que os homens sérios empregam com as moças, chamando-a de "minha querida filha", tratando-a do alto de sua posição social, de sua indiscutível honradez. Logo em seguida, penetrou no cerne da questão:

– Então, você prefere nos deixar aqui, expostos, como você mesma a todas as violências que se seguiriam a um fracasso das tropas prussianas, em vez de concordar com uma dessas complacências que tantas vezes teve em sua vida?

Bola de Sebo não respondeu.

Ele a envolveu pela doçura, pela argumentação, pelos sentimentos. Soube permanecer "o senhor conde", mostrando-se galante quando necessário, adulador, enfim, adorável. Exaltou o favor que ela lhes prestaria, falou do reconhecimento que teriam para com ela; então, de repente, falando animadamente: "E você sabe, minha querida, ele poderia se gabar de ter provado uma bela moça como não encontraria igual em seu país."

Bola de Sebo não respondeu e se juntou aos demais. Assim que entraram no albergue, ela subiu para o quarto e não apareceu mais. A inquietação era extrema. O que ela ia fazer? Se ela resistisse, que desgraça!

Chegou a hora do jantar; esperaram em vão. O senhor Follenvie entrou e anunciou que a senhorita Rousset se sentia indisposta e que podiam sentar-se à mesa.

Todos apuraram os ouvidos. O conde se aproximou do estalajadeiro e, em voz baixa, perguntou:

– Está feito?

– Sim.

Por conveniência, ele não disse nada a seus companheiros, fez apenas um leve sinal com a cabeça. Imediatamente um grande suspiro de alívio brotou do peito de todos, uma alegria se estampou no rosto de todos. Loiseau exclamou:

– Viva! Pago o champanhe, se houver no estabelecimento!

E a senhora Loiseau ficou angustiada quando o patrão voltou com quatro garrafas nas mãos. Todos se tornaram repentinamente comunicativos e barulhentos; uma alegria incontrolável enchia os corações. O conde pareceu notar que a senhora Carré-Lamadon era encantadora, o industrial dirigiu cumprimentos à condessa. A conversa foi animada, jovial, cheia de boas tiradas.

De repente, Loiseau, com o rosto ansioso e levantando os braços, gritou: "Silêncio!". Todos se calaram, surpresos, já quase assustados. Então, ele apurou os ouvidos fazendo "Pst" com as duas mãos, ergueu os olhos em direção ao teto, tornou a escutar e falou com sua voz natural:

– Fiquem tranquilos, está tudo bem.

Hesitavam em compreender, mas logo todos sorriram.

Passado um quarto de hora, ele recomeçou a mesma brincadeira, repetindo-a várias vezes à noite; fingia interpelar alguém do andar de cima, dando-lhe conselhos de duplo sentido, hauridos de sua mente de caixeiro-viajante. Em alguns momentos, assumia um ar triste para suspirar "Pobre menina"; ou então murmurava entre dentes com ar raivoso: "Prussiano safado, vade-retro!". Outras vezes, quando não se pensava mais nisso, proferia, com voz vibrante, vários "Chega! chega!" e acrescentava, como se falasse consigo mesmo: "Contanto que a vejamos novamente; que não a mate, esse miserável!".

Embora essas piadas fossem de gosto deplorável, divertiam e não feriam ninguém, pois a indignação, como o resto, depende do ambiente e a atmosfera que aos poucos se havia criado em torno deles estava carregada de pensamentos licenciosos.

Na hora da sobremesa, as próprias mulheres fizeram alusões espirituosas e discretas. Os olhares brilhavam; tinham bebido muito. O conde, que preservava, mesmo em momentos de expansão, sua aparência grave, fez uma comparação muito apreciada sobre o fim da estação gelada no polo e a alegria dos náufragos que veem abrir-se uma rota para o sul.

Loiseau, entusiasmado, levantou-se, com uma taça de champanhe na mão: "Bebo à nossa libertação!". Todos ficaram de pé; aclamaram-no. As duas freiras, mesmo elas, a pedido das senhoras, consentiram em molhar os lábios no vinho espumante que nunca tinham provado. Disseram que parecia limonada gasosa, só que mais fino.

Loiseau resumiu a situação.

– É uma pena não ter um piano, porque se poderia dedilhar uma quadrilha.

Cornudet não havia dito uma palavra, não tinha feito um gesto sequer; parecia até estar mergulhado em pensamentos muito sérios e, às vezes, com um gesto furioso, puxava sua longa barba, como se pretendesse alongá-la ainda mais. Finalmente, em torno da meia-noite, quando estavam prestes a se retirar, Loiseau, que já cambaleava, subitamente lhe deu um tapa no estômago e lhe disse, gaguejando:

– Você não está brincando, esta noite; não diz nada, cidadão?

Cornudet ergueu bruscamente a cabeça e, percorrendo todo o grupo com um olhar fulminante e terrível, disse:

– Vocês todos acabaram de cometer uma infâmia! – Então, levantou-se, caminhou até a porta e repetiu mais uma vez: – Uma infâmia! – e desapareceu.

De início, isso desconcertou a todos. Loiseau, confuso, permanecia pasmo; mas retomou o prumo e, de repente, começou a se contorcer de rir, repetindo: "São verdes demais, meu velho, são verdes demais". Como não compreendessem, ele contou os "mistérios do corredor". Então, houve uma formidável retomada de alegria. As senhoras se divertiam como loucas. O conde e o senhor Carré-Lamadon choravam de tanto rir. Não podiam acreditar.

– Como? Tem certeza? Ele queria...– Estou lhe dizendo que eu o vi.

– E ela recusou...– Porque o prussiano estava no quarto ao lado.

– Não é possível!

– Juro!

O conde estava quase sufocando. O industrial comprimia o ventre com as duas mãos. Loiseau continuava:

— É compreensível que esta noite ele não ache graça nenhuma, nenhuma mesmo.

E os três recomeçaram a rir, esbaforidos, sem fôlego.

Então se separaram. Mas a senhora Loiseau, que era da natureza das urtigas, observou ao marido, no momento em que se deitavam, que "a rabugenta" da pequena Carré-Lamadon ria amarelo a noite toda:

— Você sabe, as mulheres, quando se apegam a um uniforme, seja ele francês ou mesmo prussiano, na verdade, para elas dá tudo na mesma. Se não é de dar pena, meu Deus!

E a noite toda, na escuridão do corredor, houve tremores, ruídos leves, a custo percebidos, semelhantes a respirações, toques de pés descalços, rangidos imperceptíveis. Certamente, só dormiram muito tarde, pois filetes de luz resvalaram por longo tempo nas frestas das portas. O champanhe tem esses efeitos; perturba o sono, dizem.

No dia seguinte, um luminoso sol de inverno deixava a neve ofuscante. A carruagem, finalmente atrelada, esperava diante da porta, enquanto um exército de pombos brancos, abafados em suas penas grossas, de olhos rosados, manchados, no meio, por um ponto preto, passeavam solenemente entre as patas dos seis cavalos e procuravam seu sustento no esterco fumegante que eles espalhavam.

O cocheiro, enrolado em sua pele de carneiro, queimava um cachimbo na boleia; e todos os passageiros radiantes empacotavam rapidamente provisões para o resto da viagem.

Esperavam apenas Bola de Sebo. Ela apareceu.

Parecia um pouco perturbada, envergonhada; avançou timidamente em direção aos companheiros que, todos, num mesmo movimento, se viraram como se não a tivessem visto. O conde tomou com dignidade o braço de sua mulher e a afastou do contato impuro.

A moça gorda parou, perplexa; então, reunindo toda a coragem, aproximou-se da mulher do industrial com um "bom dia, senhora" humildemente sussurrado. A outra fez uma pequena reverência impertinente com a cabeça, acompanhada de um olhar de virtude ultrajada. Todos pareciam ocupados e se mantinham longe, como se ela carregasse uma infecção em suas saias. Depois, correram para a carruagem, aonde ela chegou sozinha, a última, e retomou em silêncio o lugar que tinha ocupado durante a primeira parte da viagem.

Pareciam não enxergá-la, não conhecê-la; mas a senhora Loiseau, observando-a de longe com indignação, disse em voz baixa ao marido:

– Ainda bem que não estou ao lado dela.

A pesada carruagem se moveu e a viagem recomeçou. De início, ninguém falou. Bola de Sebo não ousava erguer os olhos. Sentia-se indignada com todos os seus vizinhos e ao mesmo tempo humilhada por ter cedido aos beijos do prussiano, em cujos braços a tinham hipocritamente atirado.

Mas a condessa, voltando-se para a senhora Carré-Lamadon, logo rompeu o penoso silêncio.

– A senhora conhece, suponho, a senhorita Etrelles?

– Sim, é uma de minhas amigas.

– Que mulher encantadora!

– Deslumbrante! A nata da sociedade, muito instruída, aliás, uma artista completa; canta que é um primor e desenha com perfeição.

O industrial conversava com o conde e, entre o rumor das vidraças da carruagem, uma palavra às vezes se ouvia: "Recibo – vencimento – prêmio – a prazo".

Loiseau, que havia surripiado o velho baralho da estalagem, engordurado por cinco anos ao roçar nas mesas mal asseadas, começou a jogar com sua mulher.

As freiras tomaram seus longos rosários presos à cintura, fizeram o sinal da cruz e, de repente, seus lábios começaram a mover-se vivamente, sempre mais depressa, precipitando seu vago murmúrio como se fosse uma corrida de "oremus"; e, de vez em quando, beijavam uma medalha, se benziam de novo e recomeçavam seu murmúrio rápido e contínuo.

Cornudet pensava, imóvel.

Depois de três horas de estrada, Loiseau recolheu as cartas.

– Estou com fome – disse ele.

Então, sua mulher apanhou um pacote amarrado com barbante, de onde tirou um pedaço de carne fria. Cortou-a cuidadosamente em fatias finas e firmes e os dois se puseram a comer.

– Se fizéssemos o mesmo – disse a condessa.

Concordaram e ela desembrulhou as provisões preparadas para os dois casais. Era uma dessas travessas alongadas, cuja tampa traz uma lebre de faiança, para indicar que por baixo está uma lebre em forma de patê, uma suculenta charcutaria, onde brancos veios de toucinho atravessavam a carne marrom da caça, misturada a outras carnes cortadas bem finas. Um belo pedaço de queijo, enrolado num jornal, conservava impressas as palavras "notícias diversas" sobre sua crosta gordurosa.

As duas religiosas desenrolaram uma penca de linguiça que cheirava a alho; e Cornudet, enfiando as duas mãos ao mesmo tempo nos grandes bolsos de seu sobretudo, tirou quatro ovos cozidos de um e, de outro, a metade de um pão. Tirou a casca dos ovos, jogou-a sob os pés na palha e começou a morder os ovos, deixando cair sobre sua vasta barba partículas de gema que, ali presas, pareciam estrelas.

Bola de Sebo, na pressa e na agitação com que havia se levantado, não tinha conseguido pensar em nada; e ela olhava, exasperada, sufocando de raiva, para todas essas pessoas que comiam placidamente. De início, uma cólera tumultuada se apoderou dela e abriu a boca para lhes gritar a verdade com uma torrente de injúrias que lhe afloravam aos lábios; mas não conseguia falar, tamanha a exasperação que a estrangulava.

Ninguém a olhava, não pensavam nela. Sentia-se afogada no desprezo desses honestos patifes que a haviam sacrificado primeiro e a rejeitado em seguida, como uma coisa imunda e inútil. Então, ela pensou em sua grande cesta cheia de coisas boas que eles haviam devorado avidamente, seus dois frangos reluzindo de gordura, seus patês, suas peras, suas quatro garrafas de bordô; e seu furor caindo subitamente, como uma corda excessivamente esticada que se rompe, sentiu-se prestes a chorar. Fez um esforço terrível, enrijeceu-se, engoliu os soluços como fazem as crianças, mas o choro subia, brilhava na borda de suas pálpebras e logo duas grossas lágrimas, desprendendo-se dos olhos, rolaram lentamente por suas faces. Outras as seguiram mais depressa, fluindo como gotas de água que se infiltram numa rocha e caindo regularmente sobre a curva rechonchuda de seu peito. Permanecia ereta, o olhar fixo, o rosto rígido e pálido, esperando que não a vissem.

Mas a condessa percebeu e mostrou ao marido com um sinal. Ele encolheu os ombros como se dissesse: "O que quer? Não é minha culpa". A senhora Loiseau deu uma risada muda de triunfo e murmurou: "Ela está chorando de vergonha".

As duas freiras tinham voltado a rezar, depois de enrolar o resto da linguiça num papel.

Então, Cornudet, que estava digerindo os ovos, esticou as longas pernas sob o banco da frente, recostou-se, cruzou os braços, sorriu como quem acaba de encontrar uma boa piada e começou a assobiar a *Marseillaise*.

Todos os rostos se turvaram. O canto popular certamente não agradava a seus vizinhos. Ficaram nervosos, irritados e pareciam prestes a uivar como cães ouvindo um realejo. Ele percebeu, não parou mais. Às vezes, ele até cantarolava a letra:

Amour sacré de la patrie,
Conduis, soutiens, nos bras vengeurs,
Liberté, liberté chérie,
Combats avec tes défenseurs!

[Amor sagrado da pátria,
Conduza, apoie, nossos braços vingadores,
Liberdade, querida liberdade,
Combata com seus defensores!]

A carruagem seguia mais depressa, porque a neve estava mais endurecida; e até Dieppe, durante as longas e melancólicas horas da viagem, em meio aos solavancos da estrada, pelo cair da noite, depois na escuridão profunda da carruagem, ele continuou, com uma obstinação feroz, seu assobio vingativo e monótono, obrigando os espíritos cansados e exasperados a seguir o canto do início ao fim, a se lembrar de cada palavra que correspondia a cada compasso.

E Bola de Sebo continuava chorando; e, às vezes, um soluço, que não conseguira conter, se introduzia, entre duas estrofes, nas trevas.

UMA AVENTURA PARISIENSE

Será que existe, na mulher, sentimento mais vivo do que a curiosidade? Ah! Saber, conhecer, alcançar aquilo como que se sonhou! O que a mulher não faria para conseguir isso? Uma mulher, quando sua curiosidade impaciente desperta, é capaz de cometer todas as loucuras, todas as imprudências, todos os atos de coragem, não recuará diante de nada. Refiro-me a mulheres que são verdadeiras mulheres, dotadas desse espírito de fundo triplo que, na superfície, parece sensato e frio, mas cujos três compartimentos secretos estão cheios: um, de inquietação feminina sempre agitada; o outro, de astúcia colorida de boa-fé, dessa astúcia dos devotos, sofisticada e temível; o último, por fim, de encantadora canalhice, de maravilhosa enganação, de deliciosa perfídia, de todas essas perversas qualidades que levam ao suicídio os amantes imbecilmente crédulos, mas que deixam os outros encantados.

Esta, cuja aventura quero contar, era uma pequena provinciana, sinceramente honesta até então. Sua vida, aparentemente tranquila, se passava em casa, com um marido muito ocupado e dois filhos, que ela criava como mulher irrepreensível. Mas seu coração fremia de uma curiosidade insaciada, de uma comichão do desconhecido. Pensava sem cessar em Paris e lia avidamente os jornais da vida na sociedade. O relato das festas, das roupas, das alegrias fazia seus desejos entrarem em embulição; mas, acima de tudo, ficava misteriosamente perturbada pelos ecos cheios de insinuações, pelos véus soerguidos pela metade em frases habilidosas e que deixam entrever horizontes de prazeres culposos e devastadores.

Lá de longe, via Paris numa apoteose de luxo magnífico e corrupto. E, durante as longas noites de sonho, embaladas pelo ronco constante do marido, que dormia ao lado dela de costas, com um lenço na cabeça, pensava naqueles homens conhecidos, cujos nomes aparecem na primeira página dos jornais como grandes estrelas num céu escuro; e imaginava a vida extraordinária que levavam, com libertinagens contínuas, orgias à antiga espantosamente voluptuosas e refinamentos de sensualidade tão complicados que não conseguia sequer imaginá-los.

As avenidas lhe pareciam uma espécie de abismo das paixões humanas; e todas as casas, sem dúvida, ocultavam prodigiosos mistérios de amor.

Ela, no entanto, se sentia envelhecer. Envelhecia sem ter conhecido nada da vida, exceto essas ocupações corriqueiras, odiosamente monótonas e banais que constituem, como se diz, a felicidade do lar. Era bonita ainda, conservada nessa existência tranquila como uma fruta de inverno num armário fechado; mas corroída, devastada, transtornada por ardores secretos. Ela se perguntava se morreria sem ter conhecido todas essas ebriedades condenáveis, sem ter se lançado uma vez, uma única vez, inteiramente nessa onda de volúpias parisienses.

Com longa perseverança, preparou uma viagem a Paris, inventou um pretexto, se fez convidar por parentes e, como o marido não podia acompanhá-la, foi sozinha.

Assim que chegou, inventou razões que lhe permitiriam ausentar-se dois dias, ou melhor, duas noites, se fosse preciso, por ter encontrado, dizia ela, amigos que viviam no campo, nos arredores da cidade.

E procurou. Percorreu as avenidas sem ver nada, exceto o vício errante e numerado. Viu com os próprios olhos os grandes cafés, leu atentamente a pequena correspondência do jornal *Figaro*, que lhe aparecia todas as manhãs como um toque de alarme, uma chamada ao amor.

E nada a colocava no rastro dessas grandes orgias de artistas e de atrizes; nada lhe revelava os templos dessa libertinagem que imaginava fechados por uma palavra mágica, como a caverna das *Mil e Uma Noites* e aquelas catacumbas de Roma, onde se realizavam secretamente os mistérios de uma religião.

Os parentes, pequenos burgueses, não podiam apresentá-la a nenhum desses homens proeminentes, cujos nomes zumbiam em sua cabeça; e, desesperada, já pensava em voltar para casa quando o acaso veio em seu auxílio.

Um dia, enquanto descia a rua Chaussée-d'Antin, parou para contemplar uma loja repleta desses bibelôs japoneses tão coloridos que dão aos olhos uma espécie de alegria. Examinava os delicados marfins burlescos, os grandes vasos de esmalte flamejante, os bronzes bizarros, quando ouviu, de dentro da loja, o dono que, com seguidas reverências, mostrava a um homem baixo e gordo, de cabeça calva e cavanhaque grisalho, um enorme boneco barrigudo de porcelana, peça única, dizia ele.

E a cada frase do comerciante, o nome do apreciador, um nome célebre, soava como um toque de clarim. Os demais clientes, moças, senhores elegantes, contemplavam com olhar furtivo e rápido, com olhar adequado e obviamente respeitoso, o renomado escritor que, por sua vez, olhava apaixonadamente para o boneco de porcelana. Eram igualmente feios, tanto um como o outro, feios como dois irmãos saídos do mesmo flanco.

O comerciante dizia:

– Para o senhor, Jean Varin, faço por mil francos; é precisamente o que me custa. Para qualquer outro, seriam mil e quinhentos; mas tenho consideração por minha clientela de artistas e, para ela, pratico preços especiais. Todos eles vêm à minha loja, senhor Jean Varin. Ontem, o senhor Busnach comprou aqui uma grande taça antiga. Outro dia, vendi duas tochas como esta (são lindas, não é?) ao senhor Alexandre Dumas. Veja, essa peça que o senhor está segurando, se o senhor Zola a visse, estaria vendida, senhor Varin.

O escritor, muito perplexo, hesitava, solicitado pelo objeto, mas pensando na soma a pagar; e dava tão pouca atenção aos olhares como se estivesse sozinho num deserto.

Ela entrou toda trêmula, com os olhos descaradamente fixos nele; nem mesmo se perguntava se ele era bonito, elegante ou jovem. Era Jean Varin em pessoa, Jean Varin!

Depois de longa luta, de uma dolorosa hesitação, ele pousou o vaso sobre uma mesa.

– Não, é muito caro – disse ele.

O comerciante redobrava a eloquência.

– Oh! Senhor Jean Varin, muito caro? Isso vale dois mil francos, tranquilamente.

O literato replicou com tristeza, olhando sempre para o homem de olhos de esmalte:

– Não digo que não; mas é muito caro para mim.

Então ela, tomada por uma audácia tresloucada, deu um passo à frente e disse:

– Para mim, quanto custa?

O comerciante, surpreso, replicou:

– Mil e quinhentos francos, senhora.

– Eu levo.

O escritor, que até então nem a tinha visto, virou-se bruscamente e a olhou dos pés à cabeça, como observador, com os olhos um pouco fechados; depois, como conhecedor, ele a examinou detalhadamente.

Era encantadora, animada, iluminada subitamente por aquela chama que até então estava adormecida. E, além do mais, uma mulher que compra assim um bibelô por mil e quinhentos francos não é uma qualquer.

Ela teve então um gesto de encantadora delicadeza; e, voltando-se para ele, com voz trêmula, disse:

– Perdão, senhor, sem dúvida fui um pouco precipitada; o senhor não disse sua última palavra.

Ele se inclinou:

– Eu a tinha dito, minha senhora.

Mas ela, bastante emocionada:

– Enfim, senhor, hoje ou mais tarde, se lhe convier mudar de opinião, esse bibelô é seu. Só o comprei porque o senhor gostou dele.

Ele sorriu, visivelmente lisonjeado.

– Quer dizer que a senhora me conhece? – disse ele.

Então, ela lhe falou de sua admiração, citou as obras dele, foi eloquente.

Para conversar, ele havia se apoiado num móvel e, fixando nela seus olhos penetrantes, tentava descobrir quem era ela.

Por vezes, o comerciante, feliz por ter essa publicidade viva, com a entrada de novos clientes, gritava do outro lado da loja:

– Aqui, olhe isso, senhor Jean Varin, não é lindo?

Então, todas as cabeças se viravam e ela estremecia de prazer ao ser vista conversando intimamente com uma pessoa ilustre.

Inebriada, enfim, ela teve uma audácia suprema, como os generais que vão proceder ao combate.

– Senhor – disse ela –, dê-me um grande, um grandíssimo prazer. Permita-me oferecer-lhe esse boneco como lembrança de uma mulher que o admira apaixonadamente e a quem o senhor terá visto por apenas dez minutos.

Ele recusou. Ela insistia. Ele resistiu, muito divertido, rindo com vontade.

Ela, obstinada, disse-lhe:

– Pois bem! Vou levá-lo para sua casa imediatamente; onde o senhor mora?

Ele se recusou a dar-lhe o endereço; mas ela o conseguiu com o comerciante e, uma vez paga a aquisição, saiu rapidamente para tomar um fiacre. O escritor correu para alcançá-la, não querendo se expor ao receber esse presente que não saberia a quem atribuir. Alcançou-a quando ela estava subindo na carruagem de um salto; quase caiu sobre ela, derrubado pelo fiacre que se colocava em movimento; depois se sentou ao lado dela, muito aborrecido.

Por mais que ele pedisse, que insistisse, ela se mostrou irredutível. Quando chegaram diante da porta, ela impôs suas condições.

– Consentirei – disse ela – em não lhe deixar isso, se o senhor fizer hoje todas as minhas vontades.

A situação toda lhe pareceu tão engraçada que aceitou.

– O que o senhor geralmente faz a essa hora? – perguntou ela.

Depois de um pouco de hesitação, ele respondeu:

– Vou dar um passeio.

Então, com uma voz resoluta, ela ordenou:

– Ao bosque!

E foram para lá.

Ele se viu obrigado a lhe citar todas as mulheres que conhecia, principalmente as devassas, com detalhes íntimos sobre elas, sobre sua vida, seus hábitos, suas moradias e seus vícios.

A noite caiu.

– O que o senhor faz todos os dias a essa hora? – perguntou ela.

Ele respondeu, rindo:

– Tomo absinto.

Então, gravemente, ela acrescentou:

– Então, senhor, vamos tomar absinto.

Entraram num grande café na avenida que ele frequentava e onde encontrou alguns colegas. Ele a apresentou a todos. Ela estava em êxtase. E estas palavras soavam sem cessar em sua cabeça: "Até que enfim! Até que enfim!".

O tempo passava e ela perguntou:

– É sua hora de jantar?

– Sim, senhora – respondeu ele.

– Então, senhor, vamos jantar.

Ao sair do café Bignon, ela perguntou:

– À noite, o que o senhor faz?

Ele a olhou fixamente:

– Depende; às vezes vou ao teatro.

– Pois bem, senhor, vamos ao teatro.

Entraram no Vaudeville, de favor, graças a ele; e, glória

suprema, ela foi vista por toda a sala ao lado dele, sentada nas poltronas do balcão.

Terminado o espetáculo, ele beijou galantemente a mão dela:

– Resta-me, senhora, agradecer-lhe pelo dia delicioso...

Ela o interrompeu.

– A essa hora, o que o senhor faz todas as noites?

– Mas... mas... volto para casa.

Ela se pôs a rir, com um riso trêmulo.

– Pois bem, senhor... vamos para sua casa.

E não falaram mais. Ela, por instantes, estremecia, abalada dos pés à cabeça, com vontade de fugir e com vontade de ficar, mas bem no fundo do coração com uma vontade muito firme de ir até o fim.

Na escada, ela se agarrava ao corrimão, tão viva se tornava sua emoção; e ele subia à frente, sem fôlego, com um palito de fósforo aceso na mão.

Assim que chegou ao quarto, ela se despiu bem depressa e se enfiou na cama sem dizer uma palavra; e esperou, encolhida contra a parede.

Mas ela era tão simples como pode sê-lo a esposa legítima de um tabelião de província, e ele mais exigente do que um paxá de três caudatários. Não se entenderam de forma alguma.

Então, ele adormeceu. A noite passou, perturbada apenas pelo tique-taque do relógio; e ela, imóvel, pensava nas noites conjugais; e, sob os raios amarelos de uma lanterna chinesa, ela olhava, desolada, a seu lado, esse homenzinho de costas, redondo, cuja barriga em forma de bola levantava o lençol como um balão cheio de gás. Roncava com o ruído de um tubo de órgão, em fungadas prolongadas e engasgamentos cômicos. Seus vinte fios de cabelo aproveitavam seu descanso para se enrolar estranhamente, cansados de sua longa permanência imóvel nesse crânio nu, cujos estragos deviam tapar. E um filete de saliva escorria de um canto de sua boca entreaberta.

O amanhecer, enfim, fez penetrar um pouco da luz do dia através da cortina fechada. Ela se levantou, vestiu-se sem fazer barulho e já havia aberto a metade da porta quando fez ranger a fechadura e ele acordou, esfregando os olhos.

Demorou alguns segundos antes de recuperar totalmente os sentidos; depois, quando recordou toda a aventura, perguntou:

– Você já vai embora?

Ela permanecia de pé e, confusa, balbuciou:

– Mas claro, já é de manhã.

Ele se sentou na cama e disse:

– Vejamos, de minha parte, tenho algo a lhe pedir.

Ela não respondeu e ele continuou:

– Desde ontem que a senhora vem me deixando totalmente surpreso. Seja franca, diga-me por que fez tudo isso; pois não estou entendendo nada.

Ela se aproximou suavemente, corando como uma virgem.

– Eu queria conhecer... o... o vício... bem... bem, não tem graça nenhuma.

E saiu, desceu a escada, lançando-se para a rua.

O exército de varredores estava trabalhando. Varria as calçadas, as ruas, empurrando todo o lixo para o riacho. Com o mesmo movimento regular, com um movimento de ceifeiros nas pradarias, empurrava a lama em semicírculo para a frente; e, de rua em rua, ela o encontrava como fantoche montado, andando automaticamente, movida pela mesma mola.

E parecia-lhe que também nela havia acabado de varrer alguma coisa, de empurrar para o riacho, para o esgoto, seus sonhos superexcitados.

Voltou para casa, sem fôlego, gelada, guardando apenas na cabeça a sensação desse movimento das vassouras limpando Paris pela manhã.

E, assim que entrou em seu quarto, caiu em soluços.

MADEMOISELLE FIFI

O major, comandante prussiano, conde de Farlsberg, acabava de ler sua correspondência, recostado ao fundo de uma grande poltrona estofada e com os pés, calçados de botas, sobre o mármore elegante da lareira, em que as esporas, durante os três meses que ele ocupava o castelo de Uville, tinham deixado dois buracos profundos, cavados a cada dia um pouco mais.

Uma xícara de café fumegava sobre uma mesinha de marchetaria manchada pelos licores, queimada pelos charutos, entalhada pelo canivete do oficial conquistador que, às vezes, parando para apontar um lápis, traçava, sobre o gracioso móvel, algarismos ou desenhos, ao capricho de sua imaginação indolente.

Quando terminou de ler as cartas e de percorrer os jornais alemães que seu ordenança acabara de lhe trazer, ele se levantou e, depois de jogar três ou quatro enormes pedaços de madeira verde no fogo, pois esses senhores abatiam aos poucos o parque para se aquecer, aproximou-se da janela.

A chuva era torrencial; uma chuva normanda que se diria ser lançada por uma mão furiosa, uma chuva de través, espessa como uma cortina que formava uma espécie de parede de raias oblíquas, uma chuva cortante, que espirrava lama, afogando tudo, uma verdadeira chuva dos arredores de Rouen, esse urinol da França.

O oficial olhou por longo tempo os gramados inundados e, mais adiante, o rio Andelle enchendo, que transbordava; e tamborilava contra a vidraça uma valsa do Reno, quando um barulho o fez voltar-se: era seu ajudante, o barão de Kelweingstein, que tinha uma patente equivalente à de capitão.

O major era um gigante, de ombros largos, adornado por uma longa barba em forma de leque, como um guardanapo sobre o peito; e toda a sua imponente e solene figura dava a ideia de um pavão militar, um pavão que levasse a cauda desdobrada no queixo. Tinha olhos azuis, frios e suaves, uma das faces marcada por um golpe de sabre recebido na guerra da Áustria; e diziam que era tão bravo homem quanto bravo oficial.

O capitão, um homenzinho corado e barrigudo, cingido à força, tinha o cabelo ruivo muito curto, cujos fios de fogo davam a impressão, quando se encontravam sob certos reflexos, de que seu rosto estivesse coberto de fósforo. Dois dentes perdidos numa noite de núpcias, sem que ele se lembrasse exatamente como, faziam-no cuspir palavras mal pronunciadas, que nem sempre se podia entender. Era calvo apenas no alto da cabeça, tonsurado como um monge, com uma mecha de cabelinhos encaracolados, dourados e brilhantes, em torno daquele círculo de carne nua.

O comandante lhe apertou a mão e ele sorveu de um gole a xícara de café (a sexta desde a manhã), ouvindo o relatório de seu subordinado sobre os incidentes ocorridos no serviço; em seguida, os dois se aproximaram da janela, concordando que aquilo não era divertido. O major, homem tranquilo, casado, se conformava com tudo; mas o capitão-barão, um boa-vida tenaz, frequentador de prostíbulos, desenfreado conquistador, enraivecia-se por estar trancado havia três meses na castidade obrigatória desse posto perdido.

Como batiam à porta, o comandante gritou para abrir, e um homem, um de seus soldados autômatos, apareceu no vão, anunciando só com sua presença que o almoço estava pronto.

Na sala, encontraram os três oficiais de patente inferior: um tenente, Otto de Grossling; e dois subtenentes, Fritz Scheunaubourg e o marquês Wilhem d'Eyrik, um baixinho loiro orgulhoso e brutal com os homens, duro com os vencidos e violento como uma arma de fogo.

Desde sua entrada na França, seus colegas só o chamavam de *Mademoiselle* Fifi. Esse apelido lhe vinha de seu estilo refinado, de seu porte esguio, que parecia envolto num espartilho, de seu rosto pálido, no qual um incipiente bigode mal aparecia, e também do hábito que tinha, para expressar seu soberano desprezo por seres e coisas, de empregar a todo momento a locução *fi, fi donc*[12], que ele pronunciava com um leve assobio.

---

12. O vocábulo *fi* é uma interjeição que significa *fora, rua*!. A expressão utilizada por *Mademoiselle* Fifi (literalmente, Senhorita Fifi) pode ser traduzida como *saia, suma daqui*!. (N.T.)

A sala de jantar do castelo de Uville era uma longa e majestosa peça, cujos espelhos antigos de cristal, estilhaçados por balas, e as altas tapeçarias de Flandres, retalhadas a golpe de sabre e pendentes em alguns lugares, denunciavam as ocupações de *Mademoiselle* Fifi em suas horas ociosas.

Nas paredes, três retratos de família, um guerreiro de armadura, um cardeal e um presidente, fumavam longos cachimbos de porcelana, enquanto em sua moldura, desdourada pelos anos, uma nobre dama de colo coberto mostrava, com ar arrogante, um enorme par de bigodes feito a carvão.

E o almoço dos oficiais transcorreu quase em silêncio nessa sala mutilada, sombreada pelo aguaceiro, triste por seu aspecto de derrota, e cujo velho assoalho de carvalho havia se tornado sórdido como o chão de uma taberna.

Na hora de fumar, quando começaram a beber, uma vez terminada a refeição, puseram-se a falar, como faziam todos os dias, da monotonia em que viviam. As garrafas de conhaque e de licores passavam de mão em mão; e todos, recostados nas cadeiras, bebiam a pequenos goles repetidos, conservando no canto da boca o longo cachimbo curvo que terminava em ovo de faiança, sempre pintado como para seduzir hotentotes.

Quando o copo ficava vazio, eles o enchiam com um gesto de cansaço resignado. Mas *Mademoiselle* Fifi quebrava o seu a todo momento, e um soldado imediatamente lhe estendia outro.

Uma névoa de fumaça acre os afogava, e eles pareciam

mergulhar numa embriaguez sonolenta e triste, nessa bebedeira melancólica de gente que nada tem a fazer.

Mas, subitamente, o barão se endireitou. Uma revolta o sacudia; protestou:

– Por Deus, isso não pode continuar; é preciso inventar alguma coisa, afinal.

Juntos, o tenente Otto e o subtenente Fritz, dois alemães eminentemente dotados de fisionomias germânicas pesadas e graves, responderam:

– Inventar o que, capitão?

Refletiu por alguns segundos, depois continuou:

– O quê? Pois bem, é preciso organizar uma festa, se o comandante permitir.

O major largou o cachimbo:

– Que festa, capitão?

O barão se aproximou:

– Eu me encarrego de tudo, comandante. Enviarei o suboficial *Le Devoir* a Rouen para nos trazer algumas mulheres; eu sei onde arranjá-las. Preparamos uma ceia aqui; aliás, não falta nada e pelo menos vamos passar uma boa noitada.

O conde de Farlsberg deu de ombros, sorrindo:

– Você é louco, meu amigo.

Mas todos os oficiais haviam se levantado e cercado o chefe, suplicando:

– Deixe isso com o capitão, comandante, está tão triste aqui.

No final, o major acabou cedendo:

– Muito bem – disse ele.

Em seguida, o barão mandou chamar *Le Devoir*. Era um velho suboficial que nunca ria, mas que cumpria fanaticamente todas as ordens de seus chefes, quaisquer que fossem.

De pé, com o rosto impassível, recebeu as instruções do barão; depois saiu; e, cinco minutos mais tarde, uma grande carruagem em estilo militar, coberta por um toldo de lona estendido em forma de cúpula, corria sob a chuva insistente, ao galope de quatro cavalos.

Logo uma excitação pareceu percorrer os espíritos; as posturas enfraquecidas se reergueram, os rostos se animaram e se puseram a conversar.

Embora a chuva continuasse com a mesma fúria, o major afirmou que estava menos escuro e o tenente Otto anunciou com convicção que o céu ia clarear. Até *Mademoiselle* Fifi não conseguia ficar parado. Levantava-se e tornava a se sentar. O olhar claro e penetrante procurava alguma coisa para quebrar. De repente, fixando os olhos na dama de bigode, o jovem loiro sacou o revólver.

– Você não vai ver isso – disse ele.

E, sem deixar a poltrona, mirou. Duas balas sucessivas furaram os olhos do retrato.

Em seguida, exclamou:

– Vamos fazer a *mina*!

E bruscamente as conversas foram interrompidas, como se um novo e poderoso interesse tivesse se apoderado de todos.

A *mina* era invenção sua, uma maneira de destruir, sua diversão preferida.

Ao abandonar o castelo, o proprietário legítimo, conde Fernand d'Amoys d'Uville, não tivera tempo de levar nem de esconder nada, exceto a prataria enfiada no buraco de uma parede. Ora, como era muito rico e luxuoso, seu grande salão, cuja porta dava para a sala de jantar, apresentava, antes da fuga precipitada do dono, o aspecto de uma galeria de museu.

Das paredes pendiam telas, desenhos e aquarelas caros, enquanto sobre os móveis, nas prateleiras e nas elegantes cristaleiras, mil bibelôs, vasos de porcelana, estatuetas, objetos de porcelana de Saxe e bonecos da China, marfins antigos e vidros de Veneza povoavam o vasto apartamento e seu conjunto de preciosidades bizarras.

Quase não sobrava nada agora. Não que tivessem saqueado o lugar, o major conde de Farlsberg não teria permitido; mas *Mademoiselle* Fifi, de vez em quando, fazia a *mina*, e todos os oficiais, nesse dia, realmente se divertiram durante cinco minutos.

O pequeno marquês foi buscar no salão o que precisava. Trouxe uma chaleira de porcelana cor-de-rosa, bem pequena, que encheu de pólvora de canhão e, pelo bico, introduziu delicadamente um longo pedaço de estopim, acendeu-o e correu para colocar essa máquina infernal no cômodo vizinho.

Depois, voltou bem depressa, fechando a porta. Os

alemães aguardavam de pé, com uma curiosidade infantil estampada nos rostos sorridentes, e, assim que a explosão estremeceu o castelo, eles se dirigiram para o local.

Mademoiselle Fifi, que entrou na frente, batia palmas deliramente diante de uma Vênus de terracota cuja cabeça tinha finalmente saltado; e cada um deles recolhia pedaços de porcelana, surpreendendo-se com os estranhos recortes dos cacos, examinando os novos estragos, contestando outros como produzidos pela explosão anterior; e o major observava com ar paternal o vasto salão revirado por esse bombardeio à la Nero e salpicado de restos de obras de arte. Ele foi o primeiro a sair, dizendo calmamente:

– Dessa vez deu certo.

Mas a fumaça da explosão tinha entrado na sala de jantar e se misturado à do tabaco deixando o ar irrespirável. O comandante abriu a janela e os oficiais se aproximaram dela para beber um último copo de conhaque.

O ar úmido invadiu a sala, trazendo uma espécie de poeira de água que pulverizava a barba e deixava um cheiro de inundação. Eles olhavam para as grandes árvores vergadas sob o aguaceiro, o largo vale enevoado por essa enxurrada de nuvens sombrias e baixas e, bem ao longe, o campanário da igreja erguido como uma ponta cinzenta no meio da chuva torrencial.

Desde a chegada deles, o sino não tocava. De resto, era a única resistência que os invasores tinham encontrado nos arredores: a do campanário. O vigário não havia, de forma alguma, se recusado a receber e a alimentar soldados prussianos; por várias vezes, tinha aceitado até beber uma garrafa de cerveja ou de vinho bordô com o comandante inimigo, que, com frequência, o usava como intermediário benevolente; mas era inútil lhe pedir uma única badalada de seu sino; preferiria ser fuzilado. Era sua maneira de protestar contra a invasão, protesto pacífico, silencioso, o único, dizia ele, que convinha ao padre, homem de mansidão, e não de sangue; e todos, ao redor de dez léguas, elogiavam a firmeza e o heroísmo do padre Chantavoine, que ousava afirmar o luto público e proclamá-lo pelo obstinado mutismo de sua igreja.

A aldeia inteira, entusiasmada com essa resistência, estava disposta a apoiar até o fim seu pastor, a desafiar tudo, considerando esse protesto tácito como a salvaguarda da honra nacional. Parecia aos camponeses que, agindo dessa forma, mereciam muito mais da pátria do que Belfort e Estrasburgo, e que davam um exemplo equivalente, que o nome da aldeia se tornaria imortal e, fora isso, nada recusavam aos prussianos vencedores.

O comandante e seus oficiais riam dessa coragem inofensiva; e, como a região inteira se mostrasse submissa e dócil para com eles, toleravam de bom grado seu patriotismo mudo.

Só o pequeno marquês Wilhem gostaria muito de forçar o sino a tocar. Enraivecia-se com a condescendência política de seu superior para com o padre e todos os dias suplicava ao comandante que o deixasse fazer "Din-don-don" uma vez, apenas uma única vez, somente para rir um pouco. E pedia isso com as graças de um gato, com bajulações de mulher, com a doçura da voz de uma amante enlouquecida por um desejo; mas o comandante não cedia e *Mademoiselle* Fifi, para se consolar, fazia a *mina* no castelo de Uville.

Os cinco homens ficaram ali, amontoados, alguns minutos, aspirando a umidade. O tenente Fritz, finalmente, disse, dando uma risada pastosa:

— As senhoritas, decididamente, não terão bom tempo para seu passeio.

A seguir, separaram-se, cada um indo para seu serviço; e o capitão com muito que fazer para os preparativos do jantar.

Quando voltaram a se encontrar, ao cair da noite, se puseram a rir, vendo-se tão elegantes e reluzentes, gomalinados e perfumados, como nos dias de grande parada. Os cabelos do comandante pareciam menos grisalhos do que de manhã, e o capitão havia se barbeado, mantendo apenas o bigode, como uma chama sob o nariz.

Apesar da chuva, deixaram a janela aberta, e um deles às vezes ia escutá-la. Às seis horas e dez minutos, o barão percebeu um barulho de rodas distante. Todos se apressaram e logo a grande carruagem veio se aproximando, com os quatro cavalos sempre a galope, enlameados até o lombo, esbaforidos e ofegantes.

E cinco mulheres desceram pela escada, cinco belas moças cuidadosamente escolhidas por um colega do capitão a quem *Le Devoir* tinha levado um cartão de seu oficial.

Elas não se fizeram de rogadas, certas de ser bem pagas, uma vez que conheciam os prussianos, que vinham observando nos últimos três meses, com o objetivo de tirar proveito tanto dos homens como das coisas. "É a profissão que o exige", diziam elas entre si, no trajeto, sem dúvida para aliviar a dor de um resquício de consciência.

E logo em seguida entraram na sala de jantar. Toda iluminada, parecia ainda mais lúgubre em sua lamentável destruição; e a mesa coberta de carnes, com rica baixela e a prataria encontrada na parede onde o dono a escondera, dava ao lugar um aspecto de taberna onde bandidos jantam após um saque. O capitão, radiante, se apoderou das mulheres como de uma coisa familiar, apreciando-as, abraçando-as, cheirando-as, calculando o valor como vendedoras de prazer; e como os três jovens quisessem ficar com uma cada um, ele se opôs com autoridade, reservando-se o direito de fazer a divisão, com toda justiça, de acordo com o posto eles ocupavam, para não ferir em nada a hierarquia.

Então, para evitar qualquer discussão, qualquer contestação e qualquer suspeita de parcialidade, ele as alinhou por ordem de altura e, dirigindo-se à mais alta, com o tom de comando, perguntou:

– Seu nome?

– Pamela – respondeu ela, engrossando a voz.

Então ele proclamou:

— A número um, chamada Pamela, será concedida ao comandante.

Abraçando em seguida Blondine, a segunda, em sinal de posse, ofereceu ao tenente Otto a gorda Amanda; Eva, a Tomate, coube ao tenente Fritz; e a mais baixa de todas, Rachel, uma morena muito jovem, de olhos negros como uma mancha de tinta, uma judia cujo nariz arrebitado confirmava a regra que confere esse adorno peculiar a toda a sua raça, ofereceu-a ao mais jovem dos oficiais, o frágil marquês Wilhem d'Eyrik.

Todas, aliás, eram bonitas e rechonchudas, sem fisionomias muito distintas, tornadas mais ou menos semelhantes na forma e na pele pelas práticas cotidianas do amor e pela vida comum das casas públicas. Os três jovens pretendiam subir logo com suas mulheres, sob o pretexto de lhes oferecer escovas e sabonete para se lavarem; mas o capitão sabiamente se opôs, afirmando que elas estavam bastante limpas para se sentarem à mesa e que aqueles que subissem iriam querer se trocar e, ao descer, perturbariam os outros casais. Sua experiência prevaleceu. Houve somente muitos beijos, beijos de espera.

Subitamente, Rachel engasgou, tossindo até as lágrimas e soltando fumaça pelas narinas. O marquês, a pretexto de beijá-la, acabava de lhe soprar uma espiral de fumaça na boca. Ela não ficou zangada, não disse uma palavra, mas olhou fixamente para o parceiro com uma raiva fulminante saindo do fundo de seus olhos negros.

Sentaram. O próprio comandante parecia encantado; colocou Pamela à sua direita e Blondine à sua esquerda, e declarou, desdobrando o guardanapo:

– Você teve uma ideia encantadora, capitão.

Os tenentes Otto e Fritz, polidos como se estivessem ao lado de senhoras da sociedade, intimidavam um pouco as vizinhas; mas o barão de Kelweingstein, entregue à sua libertinagem, brilhava, dizia palavras licenciosas, parecia em chamas com sua coroa de cabelos ruivos. Galanteava em francês do Reno, e suas cortesias de taberna, expectoradas pelo buraco de dois dentes quebrados, chegavam às moças em meio a uma saraivada de saliva.

Elas, entretanto, nada compreendiam, e a inteligência só pareceu despertar quando ele cuspiu palavras obscenas, expressões cruas, estropiadas por seu sotaque. Então, todas começaram a rir ao mesmo tempo como loucas, caindo sobre o colo dos companheiros, repetindo os termos que o barão então começou a desfigurar de propósito para induzi-las a dizer coisas torpes. Elas as vomitavam à vontade, bêbadas desde as primeiras garrafas de vinho e, voltando ao que realmente eram, abrindo a porta a seus hábitos, beijavam os bigodes da direita e os da esquerda, beliscavam os braços, soltavam gritos furiosos, bebiam em todos os copos, cantavam versos franceses e trechos de canções alemãs aprendidas em suas relações cotidianas com o inimigo.

Logo, os próprios homens, inebriados por essa carne de mulher exposta diante de seu nariz e ao alcance das mãos, enlouqueceram, berrando, quebrando os pratos, enquanto, atrás deles, soldados impassíveis, os serviam.

Só o comandante se manteve controlado.

Mademoiselle Fifi havia colocado Rachel sentada sobre seus joelhos e, movendo-se friamente, ora beijava loucamente os anéis de ébano de seu pescoço, aspirando, pelo pequeno espaço entre o vestido e a pele, o doce calor de seu corpo e toda fragrância de sua pessoa; ora, por cima da roupa, ele a beliscava com furor, fazendo-a gritar, tomado de uma ferocidade raivosa, movido por sua necessidade de destruição. Outras vezes, ainda, tomando-a com os dois braços, a apertava como se pretendesse tornar-se um só com ela, apoiava longamente os lábios na boca fresca da judia e a beijava até perder o fôlego; mas, de repente, a mordeu com tanta força que um filete de sangue desceu pelo queixo da jovem e escorreu por sua blusa.

Mais uma vez, ela o olhou diretamente no rosto e, limpando o ferimento, murmurou:

– Tem que pagar por isso.

Ele se pôs a rir, com um riso cruel, e disse:

– Vou pagar.

Chegou a hora da sobremesa; serviram champanhe. O comandante se levantou e, com o mesmo tom que teria usado para desejar saúde à imperatriz Augusta, brindou:

– A nossas damas!

E começou uma série de brindes, brindes de uma galanteria de soldados e beberrões, misturados a piadas obscenas, tornadas ainda mais brutais pela ignorância da língua.

Eles se levantavam, um após o outro, procurando ser espirituosos, esforçando-se para se mostrar engraçados; e as mulheres, cambaleando de bêbadas, com olhos vagos, lábios pastosos, aplaudiam cada vez loucamente.

O capitão, querendo sem dúvida conferir à orgia um ar galante, ergueu mais uma vez o copo e disse:

– A nossas vitórias sobre os corações!

Então, o tenente Otto, espécie de urso da Floresta Negra, pôs-se de pé, inflamado, saturado de bebida. E, invadido repentinamente de um patriotismo alcoólico, gritou:

– A nossas vitórias sobre a França!

Por mais embriagadas que estivessem, as mulheres se calaram; e Rachel, trêmula, voltou-se e disse:

– Fique sabendo que eu conheço franceses diante dos quais você não diria isso.

Mas o pequeno marquês, conseguindo ainda se equilibrar sobre as pernas, se pôs a rir, muito alegre pelo efeito do vinho:

– Ah! Ah! Ah! Eu nunca vi um desses. Assim que aparecemos, eles fogem correndo!

A moça, exasperada, gritou na cara dele:

– Você está mentindo, seu desgraçado!

Durante um segundo, ele fixou nela seus olhos claros, como os fixava nos quadros ao perfurar a tela com tiros de revólver, depois se pôs a rir de novo:

– Ah! Sim, vamos conversar sobre isso, minha linda! Estaríamos aqui, se eles fossem valentes? – E animando-se: – Nós somos seus donos! A nós a França!

Ela saltou do colo dele e voltou para a cadeira. Ele se levantou, estendeu o braço com a taça até o meio da mesa e repetiu:

– A nós a França e os franceses, os bosques, os campos e as casas da França!

Os outros, totalmente bêbados, sacudidos subitamente por um entusiasmo militar, um entusiasmo de brutos, agarraram suas taças, gritando: "Viva a Prússia!", e as esvaziaram de um só gole.

As moças, reduzidas ao silêncio e amedrontadas, não protestaram. A própria Rachel se calou, impotente.

Então, o pequeno marquês pôs sua taça de champanhe, novamente cheia, sobre a cabeça da judia e gritou:

– A nós também todas as mulheres da França!

Ela se levantou tão rápido que a taça de cristal, virando-se, despejou, como num batismo, o líquido amarelado em seus cabelos negros, e caiu, espatifando-se no chão. Com os lábios trêmulos, ela desafiou com o olhar o oficial, que ainda ria; e ela balbuciou, com a voz embargada de raiva:

– Isso, isso, isso não é verdade, de jeito algum; vocês não vão ter as mulheres da França.

Ele se sentou para rir à vontade e, tentando falar com o sotaque parisiense:

– Ela é bem boa, bem boa; então, o que é que você vem fazer aqui, pequena?

Desorientada, ela se calou de início, não o compreendendo bem em sua perturbação; depois, assim que percebeu o que ele dizia, lançou-lhe, indignada e de forma veemente, estas palavras:

– Eu! Eu! Eu não sou uma mulher, sou uma prostituta; isso é realmente tudo o que os prussianos merecem.

Mal ela tinha acabado de falar, ele a esbofetou com toda a força; mas, como ergueu uma vez mais a mão, enlouquecida de raiva, ela agarrou uma faca pequena de doces com lâmina de prata da mesa e, tão rapidamente que nada se viu de início, cravou-a diretamente no pescoço dele, justamente na concavidade onde começa o peito.

Uma palavra que ele pronunciava lhe foi cortada na garganta; e ele ficou boquiaberto, com um olhar assustador.

Todos soltaram um grito e se levantaram em tumulto; mas, tendo jogado a cadeira nas pernas do tenente Otto, que caiu estirado no chão, ela correu para a janela, abriu-a antes que pudessem alcançá-la e lançou-se na escuridão da noite, sob a chuva que continuava caindo.

Em dois minutos, *Mademoiselle* Fifi morreu. Então, Fritz e Otto sacaram as armas e queriam matar as mulheres, que se arrastavam a seus pés. O major, não sem dificuldade, impediu essa carnificina, mandou encerrar as quatro moças apavoradas num quarto, sob a guarda de dois homens; depois, como se tivesse dispondo seus soldados para um combate, organizou a perseguição da fugitiva, certo de prendê-la.

Cinquenta homens, cobertos de ameaças, foram lançados no parque. Duzentos outros vasculharam os bosques e todas as casas do vale.

A mesa, desguarnecida num instante, servia agora de leito mortuário, e os quatro oficiais, rígidos, curados da bebedeira, com o rosto severo dos homens de guerra em ação, permaneciam de pé perto das janelas, sondando a noite.

A chuva torrencial continuava. Um pingar contínuo enchia as trevas, um murmúrio flutuante de água que cai e de água que escorre, de água que goteja e de água que espirra.

Subitamente, um tiro ecoou, depois outro muito distante e, durante quatro horas, foram ouvidas, de tempos em tempos, tiros próximos ou longínquos, além de gritos de cerrar fileiras, palavras estranhas proferidas como apelos por vozes guturais.

Pela manhã, todos retornaram. Dois soldados tinham sido mortos e três outros feridos por seus companheiros no ardor da caça e na agitação da perseguição noturna.

Não conseguiram encontrar Rachel.

Então, os habitantes foram aterrorizados, as casas reviradas, toda a região percorrida, batida, revirada. A judia parecia não ter deixado um único vestígio de sua passagem.

O general, avisado, mandou abafar o caso, para não dar mau exemplo ao exército, e aplicou uma pena disciplinar ao comandante, que puniu seus inferiores. O general tinha dito:

– Não fazemos guerra para nos divertir e acariciar mulheres da vida.

E o conde de Farlsberg, exasperado, resolveu se vingar da região.

Como precisava de um pretexto para castigar sem constrangimento, mandou chamar o pároco e lhe ordenou que tocasse o sino no enterro do marquês d'Eyrik.

Contra toda expectativa, o padre mostrou-se dócil, humilde e extremamente atencioso. E, quando o corpo de *Mademoiselle* Fifi, carregado, precedido, cercado, seguido por soldados que marchavam com fuzis carregados, deixou o castelo de Uville em direção ao cemitério, pela primeira vez o sino tocou seu dobre fúnebre com um ritmo alegre, como se uma mão amiga o estivesse acariciando.

Tocou ainda à noite e no dia seguinte, e todos os dias; e continuou tocando sempre que se quisesse. Às vezes, até mesmo à noite, se punha em movimento sozinho e lançava gentilmente dois ou três sons na sombra, tomado de uma alegria singular, despertado sem se saber por quê. Todos os camponeses do local disseram então que o sino estava enfeitiçado e ninguém, exceto o padre e o sacristão, se aproximava do campanário.

É que uma pobre moça vivia lá no alto, na angústia e na solidão, alimentada às escondidas por esses dois homens.

Ela permaneceu lá até a partida das tropas alemãs. Depois, uma noite, o padre, tendo pedido emprestado a carroça do padeiro, conduziu ele mesmo sua prisioneira até as portas de Rouen. Chegando lá, o padre a abraçou; ela desceu e voltou rapidamente a pé para o alojamento, onde a dona a julgava morta.

Ela foi tirada dali algum tempo depois por um patriota sem preconceitos que apreciou sua bela ação; mais tarde, apaixonado por ela, desposou-a, fazendo dela uma senhora que valia tanto quanto muitas outras.

A FERRUGEM

Ele tivera, durante toda a sua vida, apenas uma paixão insaciável: a caça. Caçava todos os dias, de manhã até a noite, com desatinado entusiasmo. Caçava no inverno e no verão, na primavera e no outono, nos pântanos, quando os regulamentos proibiam a planície e os bosques; caçava com arma de fogo, com cães, com cão de espera, com cão que corre, à espreita, com espelho, com furão. Ele só falava de caça, sonhava com caça, repetia sem cessar:

– Como deve ser infeliz aquele que não gosta de caçar!

Estava agora com 50 anos bem vividos, gozava de boa saúde, bem conservado, embora calvo, um pouco gordo, mas vigoroso; e usava toda a parte do bigode raspada para expor bem os lábios e conservar livre o contorno da boca, a fim de poder tocar a corneta de caça mais facilmente.

Na região, era chamado apenas pelo nome abreviado: senhor Hector. A designação completa era barão Hector Gontran de Coutelier.

Morava no meio dos bosques, num pequeno solar que havia herdado, e, embora conhecesse toda a nobreza do departamento e encontrasse todos os seus representantes masculinos nas caçadas, frequentava assiduamente somente uma família: os Courville, vizinhos amáveis, aliados a seus ascendentes havia séculos.

Nessa casa, ele era estimado, amado, mimado e costumava dizer:

– Se eu não fosse caçador, não gostaria de abandoná-los jamais.

O senhor Courville era seu amigo e camarada desde a infância. Cavalheiro agricultor, vivia tranquilo com a mulher, a filha e o genro, senhor Darnetot, que nada fazia, sob pretexto de estudos históricos.

O barão Coutelier costumava jantar com seus amigos com frequência, especialmente para lhes contar seus disparos de espingarda. Tinha longas histórias de cães e de furões, aos quais se referia como notáveis personagens que conhecia muito bem. Desvendava-lhes os pensamentos, as intenções, analisava-os e os explicava:

– Quando o cão Medor viu que a marreca o fazia correr daquele jeito, disse a si mesmo: "Espere, sua folgada, quem ri por último ri melhor". Então, acenando para mim com a cabeça, para que eu me colocasse no canto do campo de trevo, se pôs a farejar em zigue-zague, com grande ruído, agitando as ervas para empurrar a caça para o canto de onde não poderia mais escapar. Tudo aconteceu como ele havia planejado; a marreca, de repente, se viu na borda do campo. Impossível ir mais longe sem ficar exposta. Pessou consigo mesma: "Estou perdida, filho de um cão!", e se agachou. Medor então parou e ficou olhando para mim; eu lhe fiz um sinal, ele força – brrru – a marreca alça voo – eu miro – pan! – ela cai; e Medor, ao trazê-la de volta, abana a cauda para me dizer: "Deu ou não deu certo, dessa vez, senhor Hector?".

Courville, Darnetot e as duas mulheres riam loucamente desses relatos pitorescos, nos quais o barão colocava toda a sua alma. Animava-se, mexia os braços, gesticulava com todo o corpo e, quando contava a morte da caça, ria com uma gargalhada formidável e sempre perguntava como conclusão: "Não é boa, essa?".

Quando se falava de outra coisa, ele não escutava e se sentava sozinho cantarolando árias de caça. Por isso, assim que um instante de silêncio se fazia entre duas frases, nesses momentos de brusca calmaria que cortam o rumor das palavras, de repente se escutava uma melodia de caça: "Ton, ton, tua toca, ton, ton", que ele entoava estufando as bochechas como se tivesse a corneta na boca.

Sempre viveu exclusivamente em função da caça e envelhecia sem se dar conta, sem perceber. De repente, teve um ataque de reumatismo e ficou dois meses de cama. Quase morreu de tristeza e de tédio. Como não tinha empregada, um velho criado preparava sua comida; não recebia aplicações quentes de emplastros nem pequenos cuidados, nada do que os doentes necessitam. Seu batedor de caça era seu enfermeiro; e esse escudeiro, que se aborrecia tanto quanto seu patrão, dormia dia e noite numa poltrona, enquanto o barão praguejava e se exasperava entre os lençóis.

As senhoras Courville vinham vê-lo às vezes e, para ele, essas eram horas de calma e de bem-estar. Elas lhe preparavam chá, cuidavam da lareira, serviam-lhe gentilmente o almoço na beira da cama e, quando saíam, ele murmurava:

– Por Deus! Bem que vocês poderiam se alojar aqui.

E elas riam de bom grado.

Como estava melhor e tinha voltado a caçar no pântano, uma noite foi jantar na casa dos amigos; mas não tinha mais aquele entusiasmo nem a mesma alegria. Um pensamento incessante o torturava, o medo de ser acometido novamente pelas dores antes da abertura da temporada de caça. No momento da despedida, enquanto as mulheres o envolviam num xale, amarravam um lenço no seu pescoço, coisa que ele deixava fazer pela primeira vez na vida, murmurou num tom desolado:

– Se isso recomeçar, estou perdido.

Quando partiu, a senhora Darnetot disse à mãe:

– O barão deveria se casar.

Todos levantaram os braços. Como não haviam pensado nisso antes? Procuraram a noite toda entre as viúvas que conheciam e a escolha recaiu sobre uma mulher de 40 anos, ainda bonita, bastante rica, de bom caráter e de boa saúde, que se chamava Berthe Vilers.

Convidaram-na a passar um mês no castelo. Ela vivia uma vida de tédio. Veio. Era animada e alegre; o senhor Coutelier lhe agradou de imediato. Divertia-se com ele como se fosse um brinquedo vivo e passava horas inteiras a interrogá-lo maliciosamente sobre os sentimentos dos coelhos e as maquinações das raposas. Ele distinguia gravemente as diferentes maneiras de ver dos diversos animais e lhes emprestava planos e raciocínios sutis como aos homens que conhecia.

A atenção que ela lhe prestava o encantou e, uma noite, para lhe mostrar sua estima, lhe pediu que fosse caçar com ele, pedido que ele nunca tinha feito ainda para nenhuma mulher. O convite parecia tão engraçado que ela aceitou. Foi uma festa para equipá-la; todos colaboraram, ofereceram-lhe alguma coisa e ela apareceu vestida como uma amazona, com botas, calças de homem, saia curta, colete de veludo apertado demais no pescoço e boné de criado dos cães de caça.

O barão parecia emocionado, como se estivesse prestes a disparar seu primeiro tiro. Explicou a ela minuciosamente a direção do vento, as diferentes paradas dos cães, a maneira de atirar na caça; depois a conduziu a um campo, seguindo-a passo a passo com a solicitude de uma ama que vê o bebê andar pela primeira vez.

Medor encontrou, rastejou, parou, ergueu a pata. O barão, atrás de sua aluna, tremia como uma folha. Balbuciava: "Atenção, atenção, per... per... perdizes".

Não havia acabado de falar quando um grande barulho se levantou do chão – brrr, brrr, brrr – e um bando de aves subiu aos ares, batendo as asas.

A senhora Vilers, um pouco abalada, fechou os olhos,

disparou os dois tiros, recuou um passo sob o repuxe da arma, depois, ao recuperar o sangue-frio, viu o barão dançando como um louco e Medor trazendo duas perdizes na boca.

A partir desse dia, o senhor Coutelier ficou apaixonado por ela.

Arregalando os olhos, dizia: "Que mulher!". E agora vinha todas as noites para conversar sobre caça. Um dia, o senhor Courville, que o acompanhava de volta e o ouvia se extasiar com sua nova amiga, perguntou-lhe abruptamente:

– Por que você não se casa com ela?

O barão ficou pasmo:

– Eu? Eu? Casar-me com ela?... mas... por falar nisso...

E se calou. Depois, apertando apressadamente a mão de seu companheiro, murmurou:

– Até logo, meu amigo – e desapareceu a passos largos na escuridão.

Ficou três dias sem voltar. Quando reapareceu, estava empalidecido por suas reflexões e mais sério do que de costume. Chamando de lado o senhor Courville, disse:

– Você teve uma ideia brilhante. Tente convencê-la a me aceitar. Por Deus, uma mulher como essa parece que foi feita para mim. Vamos caçar juntos o ano todo.

O senhor Courville, certo de que não seria recusado, respondeu:

– Faça seu pedido imediatamente, meu caro. Quer que eu me encarregue disso?

Mas o barão ficou subitamente confuso; e, balbuciando, respondeu:

— Não... não... devo primeiro fazer uma pequena viagem... uma pequena viagem... a Paris. Assim que eu voltar, vou lhe responder definitivamente.

Não houve como obter outros esclarecimentos e ele partiu no dia seguinte.

A viagem durou muito tempo. Uma semana, duas semanas, três semanas se passaram e o senhor Coutelier não reaparecia. Os Courville, surpresos e inquietos, não sabiam o que dizer à amiga, a qual havia sido prevenida das intenções do barão. A cada dois dias, mandavam alguém à casa dele em busca de notícias; nenhum de seus criados as tinha.

Ora, uma noite, enquanto a senhora Vilers cantava ao piano, uma criada veio procurar, com grande mistério, o senhor Courville, dizendo-lhe em voz baixa que um cavalheiro perguntava por ele. Era o barão, mudado, envelhecido, em traje de viagem. Assim que viu o velho amigo, agarrou-lhe as mãos e, com uma voz um pouco cansada, disse:

— Acabo de chegar nesse instante, meu caro, e vim correndo à sua casa; não posso mais. — Depois hesitou, visivelmente embaraçado, e continuou: — Eu queria lhe dizer... agora mesmo... que esse... esse caso... você sabe... está encerrado.

O senhor Courville o olhava estupefato:

— Como? Encerrado? Por quê?

— Oh! Não me pergunte, por favor; seria penoso demais dizê-lo, mas esteja certo de que estou agindo como... como homem honesto. Eu não posso... Eu não tenho o direito, entenda, não tenho o direito de me casar com essa senhora. Vou esperar até que ela parta para voltar aqui à sua casa; seria muito doloroso para mim revê-la. Adeus.

E escapuliu.

A família inteira deliberou, discutiu, supôs mil coisas. Concluiu-se que um grande mistério se ocultava na vida do barão, que talvez tivesse filhos naturais, uma antiga ligação. Por fim, o caso parecia grave e, para não entrar em complicações difíceis, alertaram habilmente a senhora Vilers, que retornou viúva como havia chegado.

Mais três meses se passaram. Uma noite, depois de ter jantado fartamente e titubeando um pouco, o senhor Coutelier, ao fumar seu cachimbo à noite com o senhor Courville, disse-lhe:

– Se soubesse quantas vezes penso em sua amiga, você teria pena de mim.

O outro, que tinha ficado um pouco ofendido com a conduta do barão naquela ocasião, disse-lhe abertamente o que pensava:

– Por Deus, meu caro, quem tem segredos na vida como você, em primeiro lugar, não avança, ; porque, afinal, você certamente podia prever o motivo de seu recuo.

O barão, confuso, parou de fumar.

– Sim e não. Enfim, eu não teria acreditado no que aconteceu.

O senhor Courville, impaciente, insistiu:

– Deve-se prever tudo.

Mas o senhor Coutelier, sondando as trevas com os olhos para se certificar de que ninguém os escutava, continuou em voz baixa:

– Sei muito bem que o magoei e vou lhe contar tudo para me desculpar. Há vinte anos, meu amigo, que vivo apenas para caçar. Só gosto disso, bem sabe, só me ocupo disso. Por isso, no momento de contrair deveres para com essa senhora, um escrúpulo, um escrúpulo de consciência me ocorreu. Desde a época em que perdi o hábito de ... de... do amor, enfim, não sabia mais se ainda seria capaz de... de... bem sabe... Imagine! Já faz agora exatamente 16 anos que... que... que... pela última vez, compreende. Nessa região, não é fácil de... de... deve perceber. E, depois, eu tinha outra coisa a fazer, prefiro atirar com uma arma. Em resumo, no momento de me comprometer diante do juiz e do padre a... a... àquilo que você sabe, fiquei com medo. Disse a mim mesmo: "Droga, mas e se... se... eu falhar. Um homem honesto nunca falha em seus compromissos e eu estava para assumir um compromisso sagrado com essa pessoa. Enfim, para ficar de coração tranquilo, prometi a mim mesmo passar oito dias em Paris. Passados oito dias, nada, mas nada. E não foi por falta de ter tentado. Eu me envolvi com o que havia de melhor de todos os gêneros. Garanto-lhe que elas fizeram o que puderam... Sim... certamente não negligenciaram nada... Mas o que quer, elas sempre se retiravam... de mãos abanando... de mãos abanando... de mãos abanando. Esperei então quinze dias, três semanas, ainda com esperança. Comi em restaurantes um monte de coisas apimentadas, que me embrulhavam o estômago e... e... nada... sempre nada. Deve compreender que, nessas circunstâncias, diante dessa constatação, eu só podia... só podia... me retirar. E foi o que fiz.

O senhor Courville se contorcia para não rir. Apertou seriamente as mãos do barão, dizendo:

– Lamento por você – e o acompanhou de volta até meio caminho da casa dele.

Depois, quando se encontrou a sós com a esposa, contou-lhe tudo, sufocando-se de rir. Mas a senhora Courville não ria; escutava com muita atenção e, quando o marido terminou, respondeu com toda a seriedade:

– O barão é um tolo, meu querido; ele estava com medo, só isso. Vou escrever a Berthe para voltar, e bem depressa.

E, como o senhor Courville objetasse com a longa e inútil experiência do amigo, ela retrucou:

– Ora, quando o homem ama a esposa, está entendendo, essa coisa... sempre reage.

E o senhor Courville não replicou nada, ele próprio um pouco confuso.

UM NORMANDO

A Paul Alexis

Acabávamos de sair de Rouen e estávamos galopando ao longo da estrada para Jumièges. A leve charrete seguia veloz, atravessando as pradarias; depois, o cavalo se pôs a andar a passo para subir a colina de Canteleu.

É um dos horizontes mais magníficos do mundo. Atrás de nós, Rouen, a cidade das igrejas, dos campanários góticos, trabalhados como bibelôs de marfim; na frente, Saint-Sever, o subúrbio das fábricas que erguem suas mil chaminés fumegantes contra o grande céu, diante dos mil pequenos campanários sagrados da cidade velha.

Aqui, a torre da catedral, o pico mais alto dos monumentos humanos; ali, a torre do Corpo de Bombeiros "La Foudre", sua rival quase tão desmesurada e que passa de um metro a mais gigante das pirâmides do Egito.

Diante de nós, o rio Sena se estendia, ondulante, salpicado de ilhas, ladeado, à direita, por brancas falésias que coroavam uma floresta e, à esquerda, por pradarias imensas que outra floresta limitava, mais longe, por todo o lado.

De um lugar a outro, grandes navios estavam ancorados às margens do largo rio. Três enormes navios a vapor partiam, em fila única, em direção a Le Havre; e uma série de navios, formada por um de três mastros, duas escunas e um brigue, subia em direção a Rouen, arrastada por um pequeno rebocador que lançava uma nuvem de fumaça negra.

Meu companheiro, nascido no campo, nem olhava para essa paisagem surpreendente; mas sorria sem cessar; parecia rir de si mesmo. De repente, exclamou:

– Ah! Você vai ver algo engraçado: a capela do compadre Mathieu. Esse sujeito é uma figura, meu amigo.

Eu o observava com olhar de espanto. Ele continuou:

– Vou fazer você aspirar um aroma de Normandia que vai ficar em seu nariz. Mathieu é o normando mais simpático da província e sua capela é uma das maravilhas do mundo, nem mais nem menos; mas antes vou lhe dar algumas explicações.

Mathieu, que é conhecido também como senhor "Bebida", é um ex-sargento-mor que regressou à sua aldeia natal. Une em proporções admiráveis, para fazer um todo perfeito, a piada do velho soldado com a perspicaz malícia do normando. De volta à região, ele se tornou, graças a múltiplas proteções e habilidades incríveis, guardião de uma capela milagrosa, uma capela protegida pela Virgem Maria e frequentada principalmente por moças grávidas. Ele batizou a estátua maravilhosa de "Nossa Senhora da Gravidez", e a trata com certa familiaridade zombeteira, sem lhe faltar o respeito. Compôs e mandou imprimir uma oração especial para sua Boa Virgem. Essa oração é uma obra-prima de ironia involuntária, de espírito normando, em que a zombaria se mistura com o medo do sagrado, com o medo supersticioso da influência secreta de alguma coisa. Ele não acredita muito em sua padroeira; mas acredita nela um pouco, por prudência, e a utiliza com fins políticos.

Aqui está o início da oração surpreendente:

"Nossa boa Senhora Virgem Maria, padroeira natural das mães solteiras neste país e em toda a terra, proteja sua serva que cometeu um erro num momento de esquecimento".

* * *

Essa súplica termina da seguinte forma:

"Não se esqueça de mim, sobretudo junto de seu santo Esposo, e interceda junto a Deus Pai para que me conceda um bom marido, semelhante ao seu".

Essa oração, proibida pelo clero da região, é vendida por ele em segredo e considerada benéfica para aquelas que a recitam com fervor.

Em suma, fala da Boa Virgem, como o fazia de seu patrão o camareiro de um temido príncipe, confidente de todos os pequenos segredos íntimos. Ele conhece muitas histórias engraçadas sobre si mesmo, que conta baixinho, entre amigos, depois de beber.

Mas você verá isso por si mesmo.

Como o retorno proporcionado pela Padroeira não lhe parecia suficiente, ele anexou à Virgem principal uma pequena loja de Santos. Ele tem todos ou quase todos. Como não havia lugar na capela, ele os guardou no espaço em que se conserva a lenha, de onde tira um assim que algum fiel pede. Ele mesmo moldou essas estatuetas de madeira, inverossímeis e cômicas, e as pintou de um verde carregado, num ano em que estava pintando sua casa. Você sabe que os santos curam doenças; mas cada um tem sua especialidade; e não se deve fazer confusão ou cometer erros. Eles têm ciúmes uns dos outros como cabotinos.

Para não se enganar, as boas velhas vêm consultar Mathieu.

– Para dores de ouvido, qual é o melhor santo?

– Mas há Santo Ósimo, que é bom; há também São Panfílio, que não é ruim.

Isso não é tudo.

Como Mathieu ainda tem muito tempo a seu dispor, ele bebe; mas bebe como artista, como convicto, tanto que fica bêbado regularmente todas as noites. Está embriagado, ele o sabe, e o sabe tão bem que anota, todos os dias, o grau exato de sua embriaguez. Essa é sua principal ocupação; a capela só vem depois.

E inventou, escute bem e guarde essa informação, inventou o "embriagômetro".

O instrumento não existe, mas as observações de Mathieu são tão precisas quanto as de um matemático.

Você o ouve dizer sem parar:

– Desde segunda-feira, não passei de 45.

Ou:

– Eu estava entre 52 e 58.

Ou ainda:

– Chegava mesmo entre 66 e 70.

Ou:

– Seu patife, pensei que estava na casa dos 50; agora percebo que estava nos 75!

Ele nunca se engana.

Afirma não ter atingido o metro, mas como admite que suas observações deixam de ser precisas, quando tiver passado dos 90, não se pode confiar totalmente em sua afirmação.

Quando Mathieu reconhece que passou dos 90, pode ter certeza de que ele estava descaradamente bêbado.

Nessas ocasiões, sua mulher, Mélie, outra maravilha, fica furiosa. Ela o espera na porta, quando ele volta, e grita:

– Aí está você, desgraçado, porco, não passa de um beberrão!

Então, Mathieu, que não ri mais, se coloca diante dela e, em tom severo:

– Cale a boca, Mélie, não é hora de falar. Espere até amanhã.

Se ela continua a vociferar, ele se aproxima e, com voz trêmula:

– Sem conversa; estou na casa dos 90, não meço mais; vou perder a cabeça, tome cuidado!

Então Mélie bate em retirada.

Se ela quiser voltar a esse assunto no dia seguinte, ele ri na cara dela e responde:

– Vamos, vamos! Já falou demais. Aconteceu. Contanto que eu não chegue a um metro, tudo bem. Mas, se eu passar de um metro, vou lhe permitir que me corrija, palavra de honra!

Havíamos chegado ao topo da encosta. A estrada adentrava a admirável floresta de Roumare.

O outono, o outono maravilhoso, mesclava seus tons dourado e roxo com a última vegetação que permanecia viva, como se gotas de sol derretido tivessem escorrido do céu para a espessura da floresta.

Atravessamos Duclair, depois, em vez de continuar na direção de Jumièges, meu amigo virou à esquerda e, tomando uma estrada secundária, adentrou o matagal.

E logo, do alto de uma grande encosta, descobríamos de novo o magnífico vale do Sena, e o rio sinuoso se estendendo a nossos pés.

À direita, uma pequenina construção coberta de ardósias e encimada por uma torre alta se encostava como um guarda-chuva a uma bela casa de persianas verdes, toda revestida de madressilva e de roseiras.

Uma voz grossa gritou:

– Aqui estão os amigos!

E Mathieu apareceu na soleira. Era um homem magro de 60 anos, de cavanhaque e longos bigodes brancos.

Meu companheiro apertou a mão dele, me apresentou e Mathieu nos fez entrar numa cozinha arejada que também servia de sala de jantar. E dizia:

— Eu, senhor, não tenho apartamento distinto. Gosto de não fugir do guisado. As panelas, podem ver, são boa companhia.

Depois, voltando-se para meu amigo:

— Por que vem numa quinta-feira? Sabe muito bem que é o dia de consulta da minha Padroeira. Não posso sair esta tarde.

E, correndo até a porta, soltou um berro assustador: "Mélie-e-e!", que deve ter feito olhar para cima os marinheiros dos navios que desciam ou subiam o rio, lá no fundo do vale.

Mélie não respondeu.

Então, Mathieu piscou maliciosamente.

— Não está contente comigo, sabe, porque ontem cheguei até os 90.

Meu vizinho se pôs a rir:

— Aos noventa, Mathieu! Como fez isso?

Mathieu respondeu:

— Vou lhe dizer. No ano passado, só colhi vinte cestos de abricó. Não havia mais; mas para fazer sidra era só o que havia. Então fiz um barril que abri ontem. Se deve ser néctar, é néctar; deveria ver que beleza! Eu tinha a companhia de Polyte; começamos a beber um gole, e depois mais um gole, sem nos fartar (poderíamos beber até amanhã), de modo que, de gole em gole, sinto um frescor no estômago. Eu disse a Polyte: "E se bebêssemos um copo de aguardente para esquentar!". Ele concordou. Mas essa aguardente ateia fogo no corpo, tanto que tivemos que voltar à sidra. Mas eis que, do frescor ao calor e do calor ao frescor, percebo que estou na casa dos 90. Polyte não estava longe do metro.

A porta se abriu. Mélie apareceu e, imediatamente, antes de nos dizer bom dia:

– ... Safados de uns porcos, vocês dois estavam na casa de um metro.

Então, Mathieu se irritou:

– Não diga isso, Mélie, não diga isso, eu nunca cheguei a um metro.

Prepararam-nos um delicioso almoço, servido na frente da porta, sob duas tílias, ao lado da pequena capela de "Nossa Senhora da Gravidez" e diante da imensa paisagem. E Mathieu nos contou, com uma zombaria misturada com credulidades inesperadas, incríveis histórias de milagres.

Tínhamos bebido muito dessa sidra adorável, picante e açucarada, fresca e estimulante, que ele preferia a todos os líquidos; e fumávamos nossos cachimbos, escanchados na cadeira, quando duas mulheres se apresentaram.

Eram velhas, secas, encurvadas. Depois de nos cumprimentar, pediram por São Blanc. Mathieu piscou para nós e respondeu:

– Já vou atendê-las.

E ele desapareceu em seu depósito de lenha.

Ficou ali por cinco minutos; depois retornou com a fisionomia consternada. Ergueu os braços e disse:

– Não sei onde está, não o encontro mais; mas tenho certeza de que o tinha.

Então, fazendo com suas mãos um microfone, berrou de novo:

– Mélie-e-e!

Do fundo do pátio, a mulher dele respondeu:

– O que é?

– Onde está São Blanc? Não o encontrei mais no depósito de lenha.

Então Mélie gritou-lhe essa possível explicação:

– Não é aquele que você tirou na semana passada para tapar o buraco da gaiola dos coelhos?

Mathieu estremeceu.

– Raios os partam, pode ser!

Então, disse às mulheres:

– Sigam-me.

Elas o seguiram. Nós fizemos o mesmo, sufocando a vontade de rir.

Com efeito, São Blanc, cravado no chão como uma simples estaca, manchado de lama e de sujeira, servia de canto para a gaiola dos coelhos.

Assim que o viram, as duas mulheres caíram de joelhos, benzeram-se e começaram a sussurrar "Oremus". Mas Mathieu se apressou:

– Esperem, vocês estão no chão; vou lhes dar um feixe de palha.

Foi buscar a palha e a transformou num genuflexório.

Depois, vendo seu santo enlameado e, temendo sem dúvida o descrédito para seu comércio, acrescentou:

– Vou limpá-lo um pouco.

Pegou um balde de água e uma escova e se pôs a lavar vigorosamente o boneco de madeira, enquanto as duas velhas ainda rezavam.

Ao terminar, acrescentou:

– Agora não há mais mal algum.

E nos trouxe de volta para tomar um gole.

Ao levar o copo à boca, parou e, com ar um tanto confuso:

– Não importa, quando coloquei São Blanc na gaiola dos coelhos, realmente acreditava que não rendia mais dinheiro. Fazia dois anos que ninguém o pedia. Mas os santos, vejam só, nunca saem de moda.

Bebeu e continuou:

– Vamos, vamos tomar mais um gole. Com amigos, não se deve ir a menos de 50; e creio que nem sequer chegamos a 38.

UM GALO CANTOU

A René Billotte

A senhora Berthe d'Avancelles havia rejeitado até então todos os apelos de seu desesperado admirador, o barão Joseph de Croissard. Durante o inverno em Paris, ele a perseguiu com ardor e agora dava para ela festas e caçadas em seu castelo normando de Carville.

O marido, senhor d'Avancelles, nada via, nada sabia, como sempre. Vivia, dizia-se, separado de sua esposa por causa de uma fraqueza física que a senhora não lhe perdoava. Era um homem corpulento, baixo, careca, curto de braços, de pernas, de pescoço, de nariz, de tudo.

A senhora d'Avancelles, ao contrário, era uma jovem morena alta e determinada que dava sonoras risadas debaixo do nariz de seu marido, a quem chamava publicamente de "Madame Popote", e olhava com certo ar envolvente e terno os largos ombros, o peito robusto e os longos bigodes loiros de seu pretendente preferido, o barão Joseph de Croissard.

No entanto, ela não tinha cedido nada ainda. O barão se arruinava por ela. Eram contínuos as festas, as caçadas e os novos prazeres para os quais ele convidava a nobreza dos castelos circundantes.

Todos os dias, os cães de caça uivavam pelos bosques atrás da raposa e do javali, e todas as noites fogos de artifício deslumbrantes subiam para misturar suas plumas de fogo com as estrelas, enquanto as janelas iluminadas do salão lançavam sobre os vastos gramados fachos de luz onde havia sombras.

Era outono, a estação vermelha. As folhas esvoaçavam sobre os gramados como revoadas de pássaros. Sentia-se pairar no ar os aromas de terra úmida, de terra nua, como se sente o cheiro de carne nua quando cai, depois do baile, o vestido de uma mulher.

Certa noite, numa festa durante a última primavera, a senhora d'Avancelles respondeu ao senhor Croissard, que a atormentava com suas súplicas:

– Se eu tiver de cair, meu amigo, não será antes que as folhas caiam. Tenho muito que fazer nesse verão para ter tempo.

Ele havia se lembrado dessas palavras risonhas e ousadas; e cada dia insistia mais, cada dia renovava suas abordagens, avançava um passo no coração da bela audaciosa que não resistia mais, ao que parecia, a não ser por pura questão formal.

Uma grande caçada ia ter lugar. E, na véspera, a senhora Berthe havia dito, rindo, ao barão:

– Barão, se matar o animal, terei algo para você.

Desde a aurora, estava de pé para reconhecer onde o solitário javali estava escondido. Acompanhou os batedores, dispôs os corredores de reserva, organizou tudo sozinho para preparar seu triunfo; e, quando as cornetas tocaram a partida, ele apareceu numa ajustada roupa de caça vermelha e dourada, os quadris apertados, o busto largo, os olhos radiantes, fresco e forte como se tivesse acabado de sair da cama.

Os caçadores partiram. O javali desentocado saiu em disparada, seguido pelos cães latindo no meio da mata; e os cavalos se puseram a galopar, levando pelas estreitas trilhas dos bosques as amazonas e os cavaleiros, enquanto, nas estradas aplainadas, rodavam sem barulho as carruagens que acompanhavam a caça de longe.

A senhora d'Avancelles, por malícia, manteve o barão perto dela, retardando-se, a passo, numa grande avenida interminavelmente reta e longa, sobre a qual quatro fileiras de carvalhos se dobravam como uma abóbada.

Palpitando de amor e de inquietude, ele escutava com um ouvido a tagarelice zombeteira da jovem mulher e, com o outro, seguia o toque das cornetas e o latido dos cães que se afastavam.

– Então você não me ama mais? – dizia ela.

– Como pode dizer semelhante coisa? – respondia ele.

Ela continuava:

– A caça, no entanto, parece ocupá-lo mais do que a mim.

– A senhora não me deu a ordem para eu mesmo abater o animal? – lastimava ele.

E ela acrescentava gravemente:

– Conto com isso. Você deve matá-lo na minha frente.

Então, ele estremeceu na sela, chicoteou o cavalo, que dava pinotes, e, perdendo a paciência:

– Mas com os diabos! Senhora, isso não vai ser possível, se ficarmos aqui.

E ela lhe dizia, rindo:

– Tem que ser assim, contudo... ou então... tanto pior para você.

Em seguida, falava a ele com ternura, colocando a mão no braço dele ou elogiando, como por distração, a crina do cavalo.

Então, viraram à direita num pequeno caminho coberto e, de repente, para evitar um galho que bloqueava a estrada, ela se inclinou sobre ele, tão perto que ele sentiu o roçar dos cabelos dela no pescoço. Abraçou-a brutalmente e, apoiando seus grandes bigodes na têmpora, deu-lhe um beijo furioso.

Ela não se mexeu de início, permanecendo assim sob aquela carícia fogosa; depois, com uma sacudida, virou a cabeça e, por acaso ou por vontade própria, seus pequenos lábios encontraram os dele, sob a cascata de pelos loiros.

Em seguida, seja por confusão, seja por remorso, ela chicoteou o flanco do cavalo, que partiu a galope. Eles continuaram assim por longo tempo, sem trocar nem mesmo um olhar.

O agito da caça estava se aproximando; as moitas pareciam estremecer e, de repente, quebrando os galhos, coberto de sangue, sacudindo os cães que se agarravam a ele, o javali passou.

O barão, dando uma risada triunfante, gritou:

– Quem me ama que me siga!

E desapareceu no matagal, como se a floresta o tivesse engolido.

Quando ela chegou alguns minutos mais tarde numa clareira, ele se levantava cheio de lama, com a casaca rasgada, as mãos sangrando, enquanto o animal estirado trazia a faca de caça enfiada até o cabo na paleta.

A presa se mostrava à luz de tochas numa noite suave e melancólica. A lua amarelava a chama vermelha dos archotes que embaçavam a noite com sua fumaça resinosa. Os cães comiam as entranhas fedorentas do javali, rosnavam e brigavam. E os batedores e os cavalheiros caçadores, em círculo ao redor da presa, tocavam as cornetas com força total. A fanfarra se fazia ouvir na noite clara acima dos bosques, repetida pelos ecos perdidos de vales distantes, despertando os cervos inquietos, as raposas uivantes e perturbando os coelhinhos cinzentos em suas brincadeiras à beira das clareiras.

As aves noturnas esvoaçavam, assustadas, acima da matilha enlouquecida de ardor. E mulheres, enternecidas por todas essas coisas doces e violentas, apoiando-se um pouco nos braços dos homens, já se afastavam nas alamedas, antes que os cachorros terminassem a refeição.

Totalmente enlanguescida por esse dia de cansaço e de ternura, a senhora d'Avancelles disse ao barão:

– Quer dar um passeio no parque, meu amigo?

Mas ele, sem responder, tremendo e extenuado, a arrebatou.

E, logo em seguida, eles se abraçaram. Andavam a passos curtos sob os galhos quase despojados e que deixavam filtrar a lua; e o amor, o desejo, a necessidade de um abraço tinham se tornado tão veementes que quase caíram aos pés de uma árvore.

As cornetas não tocavam mais. Os cães exaustos dormiam no canil.

– Vamos para casa – disse a jovem mulher.

Eles retornaram.

Depois, quando estavam diante do castelo, ela sussurrou com voz agonizante:

– Estou tão cansada que vou para a cama, meu amigo.

E, como ele abrisse os braços para tomá-la num último beijo, ela se esquivou, dizendo-lhe como despedida:

– Não... vou dormir... Quem me ama que me siga!

Uma hora mais tarde, quando todo o castelo silencioso parecia morto, o barão saiu furtivamente de seu quarto e foi bater de leve na porta de sua amiga. Como ela não respondesse, tentou abrir. A tranca não estava abaixada.

Ela sonhava, apoiada com os cotovelos na janela.

Ele caiu a seus pés, abraçou-a pelos joelhos, que beijava loucamente por sobre a camisola. Ela não dizia nada, afundando os dedos finos, carinhosamente, nos cabelos do barão.

E subitamente, libertando-se como se tivesse tomado uma grande decisão, murmurou com seu ar atrevido, mas em voz baixa:

– Eu voltarei. Espere por mim.

E com seu dedo esticado na sombra mostrava no outro extremo do quarto a vaga mancha branca da cama.

Então, tateando, perturbado, com as mãos trêmulas, ele se despiu rapidamente e se enfiou entre os lençóis frios. Espreguiçou-se deliciosamente, quase se esquecendo da amiga, tamanho prazer sentia com essa carícia da roupa de cama em seu corpo cansado de tanto movimento.

Ela, contudo, não voltava; divertindo-se, sem dúvida, ao deixá-lo enlanguescer. Ele fechava os olhos em primoroso bem-estar; e sonhava docemente na deliciosa expectativa da coisa tão desejada. Mas aos poucos seus membros se relaxaram, seus pensamentos se entorpeceram, tornaram-se incertos, flutuantes. A poderosa fadiga finalmente o derrubou; adormeceu.

Dormiu um sono pesado, o invencível sono dos caçadores extenuados. Dormiu até o amanhecer.

De repente, como a janela tinha ficado entreaberta, um galo, empoleirado numa árvore próxima, cantou. Bruscamente, surpreso por esse grito sonoro, o barão abriu os olhos.

Sentindo contra si um corpo de mulher, encontrando-se numa cama que não reconhecia, surpreso e sem se lembrar de mais nada, balbuciou, em sobressalto, ao despertar:

– O quê? Onde estou? O que está acontecendo?

Então ela, que não havia dormido, olhando esse homem despenteado, de olhos vermelhos e lábios grossos, respondeu, com o tom altivo com que falava ao marido:

— Não é nada. É um galo que canta. Volte a dormir, senhor, isso não lhe interessa.

CONTO DE NATAL

O Dr. Bonenfant procurava em sua memória, repetindo a meia voz:

– Uma recordação de Natal?... Uma recordação de Natal?...

E, de repente, exclamou:

– Claro, tenho uma, e uma bem estranha por sinal; é uma história fantástica. Eu presenciei um milagre! Sim, senhoras, um milagre, na noite de Natal.

Certamente irão se espantar ao me ouvir falar assim, eu que quase não acredito em nada. E, contudo, eu presenciei um milagre! Eu o vi com meus próprios olhos.

Se fiquei muito surpreso? Não; pois, se não acredito em suas crenças, acredito na fé e sei que ela transporta montanhas. Eu poderia citar muitos exemplos; mas eu as indignaria e me exporia também ao risco de diminuir o efeito de minha história.

Vou confessar primeiramente que, se não fui convencido e convertido pelo que vi, pelo menos fiquei muito emocionado, e vou tentar lhes contar a coisa com toda a simplicidade, como se tivesse uma credulidade de *auvergnat*[13].

---

13. *Auvergnat* significa habitante de Auvergne, região francesa agitada por guerras religiosas, no século XVI, em decorrência da Reforma protestante; o autor faz alusão à fé e à religiosidade dos habitantes dessa região. (N.T.)

Eu era então um médico rural e morava na aldeia de Rolleville, em plena Normandia.

O inverno naquele ano foi terrível. Desde o final de novembro, as nevadas chegaram após uma semana de geada. As grandes nuvens podiam ser vistas de longe, vindas do norte; e a branca descida dos flocos começou.

Numa noite, toda a planície foi sepultada.

As granjas, isoladas em seus espaços quadrados, por trás de suas cortinas de grandes árvores brancas de geada, pareciam adormecer sob o acúmulo desse musgo espesso e leve.

Nenhum barulho atravessava os campos imóveis. Só os corvos, em bandos, descreviam longos festões no céu, procurando por alimento inutilmente, abatendo-se todos juntos sobre os campos lívidos e picando a neve com seus grandes bicos.

Nada se ouvia, exceto o deslizamento vago e contínuo dessa poeira gelada que continuava a cair.

A avalanche durou oito dias inteiros, depois parou. A terra tinha sobre o dorso um manto de um metro e meio de espessura.

E, durante três semanas seguidas, um céu, claro como um cristal azul de dia e, à noite, todo semeado de estrelas que se poderia julgar coberto de geada, tão rigoroso era o vasto espaço, estendido sobre a toalha unida, dura e reluzente da neve.

A planície, as sebes, os olmos das cercas, tudo parecia morto, trucidado de frio. Nem homens nem animais saíam mais: apenas as chaminés das cabanas vestidas de branco revelavam a vida, oculta pelos finos fios de fumaça que subiam direto para o ar glacial.

De vez em quando, ouviam-se as árvores estalando, como se seus membros de madeira tivessem se quebrado sob a casca; e às vezes um grande galho se soltava e caía, pois o invencível gelo petrificava a seiva e rompia as fibras.

As moradias espalhadas aqui e acolá pelos campos pareciam estar a cem léguas de distância umas das outras. Vivia-se como se podia. Sozinho, eu tentava ir ver meus clientes mais próximos, expondo-me constantemente a ficar sepultado em algum buraco.

Logo percebi que um misterioso terror pairava sobre a região. Semelhante flagelo, pensavam todos, não era natural. Diziam que se ouviam vozes à noite, assobios estridentes, gritos passageiros.

Esses gritos e esses assobios vinham, sem dúvida, das aves migratórias que viajavam ao entardecer e que fugiam em massa para o sul. Mas vá dizer isso a pessoas apavoradas. Um terror invadiu os espíritos e todos esperavam um acontecimento extraordinário.

A forja do senhor Vatinel se situava no final do povoado de Épivent, à beira da estrada principal, agora invisível e deserta. Ora, como as pessoas estavam com falta de pão, o ferreiro decidiu ir até a aldeia. Ficou algumas horas conversando nas seis casas que formam o centro da povoação, levou pão e notícias e um pouco desse medo difundido pelos campos.

E retomou o caminho antes do anoitecer.

De repente, seguindo ao lado de uma cerca, julgou ver um ovo sobre a neve; sim, um ovo colocado ali, todo branco como o resto da paisagem. Ele se abaixou, era mesmo um ovo. De onde teria vindo? Que galinha teria saído do galinheiro e teria ido até esse local para botar o ovo? O ferreiro ficou surpreso, não entendeu nada; mas pegou o ovo e o levou para sua mulher.

– Tome, minha velha, aqui está um ovo que encontrei na estrada!

A mulher meneou a cabeça:

– Um ovo na estrada? Com esse tempo? Você só pode estar bêbado, com toda a certeza.

– Claro que não, minha velha, estava ao pé de uma cerca viva e ainda quente. Aqui está, guardei-o debaixo da camisa para que não esfriasse. Pode comê-lo no jantar.

O ovo foi colocado na panela onde a sopa estava sendo fervida e o ferreiro se pôs a contar o que se dizia pelas redondezas.

A mulher escutava, totalmente pálida.

– Bem que ouvi alguns assobios na noite passada; parecia que vinham da lareira.

Sentaram-se à mesa, tomaram primeiramente a sopa, depois, enquanto o marido passava manteiga no pão, a esposa tomou o ovo e o examinou com olhar desconfiado.

– E se houver alguma coisa dentro desse ovo?

– O que você quer que haja?

– Que sei eu?

– Vamos, coma-o e não seja tola.

Ela abriu o ovo. Era como todos os ovos e bem fresco.

Pôs-se a comê-lo hesitante, saboreando-o, deixando-o, tomando-o de novo. O marido dizia:

– Pois bem! Que gosto tem esse ovo?

Ela não respondeu e terminou de engoli-lo; então, de repente, ela fitou o marido com olhos fixos, desvairados, endoidecidos; ergueu os braços, torceu-os e, convulsionada da cabeça aos pés, rolou no chão, soltando gritos horríveis.

Durante toda a noite se debateu em espasmos assustadores, abalada por tremores terríveis, deformada por convulsões horrorosas. O ferreiro, não conseguindo segurá-la, foi obrigado a amarrá-la.

E ela urrava sem parar, com voz infatigável:

– Estou com ele em meu corpo! Eu o tenho em meu corpo!

Fui chamado no dia seguinte. Receitei todos os calmantes conhecidos sem obter o menor resultado. Ela estava louca.

Então, com incrível rapidez, apesar do obstáculo das neves altas, a notícia, uma notícia estranha, correu de fazenda em fazenda:

– A mulher do ferreiro está possuída!

E as pessoas vinham de todos os lugares, sem ousar entrar na casa; escutavam-se de longe seus gritos horríveis, lançados com uma voz tão potente que ninguém acreditava se tratar de uma criatura humana.

O padre da aldeia foi informado. Era um padre velho e ingênuo. Veio de sobrepeliz como se fosse administrar a extrema-unção e pronunciou, estendendo as mãos, as fórmulas do exorcismo, enquanto quatro homens seguravam a mulher, que espumava e se retorcia sobre uma cama.

Mas o espírito não foi expulso.

E o Natal chegou sem que o tempo tivesse mudado.

Na véspera, pela manhã, o padre veio me procurar e disse:

– Quero que a infeliz compareça à missa desta noite. Talvez Deus interceda por ela na mesma hora em que ele nasceu de uma mulher.

Respondi ao padre:

– Concordo plenamente, senhor padre. Se a cerimônia sagrada tocar o espírito dela (e nada é mais propício para emocioná-la), pode salvá-la sem qualquer outro remédio.

O velho padre murmurou:

– O senhor não é crente, doutor, mas poderia me ajudar, não é? O senhor se encarregaria de levá-la à igreja?

E eu prometi que o ajudaria.

A tarde chegou, depois a noite; e o sino da igreja começou a tocar, lançando sua voz queixosa pelo espaço melancólico sobre a extensão branca e gelada da neve.

Vultos negros chegavam lentamente, em grupos, dóceis ao grito de bronze do campanário. A lua cheia iluminava todo o horizonte com um brilho suave e descorado, tornando mais visível a pálida desolação dos campos.

Eu tinha convocado quatro homens robustos e fui até a ferraria.

A possuída continuava urrando, amarrada à cama. Vestiram-na apropriadamente, apesar de sua resistência desesperada, e a carregaram.

A igreja, iluminada e fria, estava repleta de gente; os cantores emitiam suas notas monótonas; a serpente roncava; o sininho do menino do coro tilintava, regulando os movimentos dos fiéis.

Tranquei a mulher e seus guardas na cozinha do presbitério e esperei o momento que julgava favorável.

Escolhi o momento que se segue à comunhão. Todos os camponeses, homens e mulheres, tinham recebido seu Deus para amenizar sua severidade. Um grande silêncio pairava enquanto o sacerdote completava o mistério divino.

Por ordem minha, a porta foi aberta e meus quatro ajudantes trouxeram a louca.

Assim que viu as luzes, a multidão de joelhos, o coro em chamas e o tabernáculo dourado, ela se debateu com tanto vigor que quase nos escapou, e soltou gritos tão estridentes que um arrepio de terror percorreu a igreja; todas as cabeças se ergueram; algumas pessoas fugiram.

Crispada e contorcida em nossas mãos, o rosto contorcido, os olhos desvairados, ela não tinha mais o aspecto de uma mulher.

Arrastaram-na até os degraus do coro e depois a seguraram firmemente agachada no chão.

O padre havia se levantado; estava esperando. Assim que a viu detida, tomou nas mãos o ostensório cingido de raios dourados, com a hóstia branca no meio e, avançando alguns passos, ergueu-o com os dois braços estendidos acima da cabeça, apresentando-o ao olhar desvairado da demoníaca.

Ela continuava a gritar, com os olhos fixos, focados nesse objeto radiante.

E o padre ficou de tal maneira imóvel que poderia ser confundido com uma estátua.

E isso tudo durou muito, muito tempo.

A mulher parecia tomada de medo, fascinada; contemplava fixamente o ostensório, ainda sacudida por terríveis tremores, mas passageiros, e sempre gritando, mas com uma voz menos dilacerante.

E passou ainda muito tempo.

Poderia se dizer que ela não conseguia mais baixar os olhos, que estavam cravados na hóstia; nada mais fazia além de gemer; e seu corpo enrijecido amolecia, se dobrava.

Toda a multidão estava prostrada de cabeça baixa.

A possuída baixava agora rapidamente as pálpebras, depois as erguia imediatamente, como se não tivesse forças para suportar a visão de seu Deus. Ela havia se calado. E então, subitamente, percebi que seus olhos permaneciam fechados. Dormia o sono dos sonâmbulos, hipnotizada, perdão, vencida pela persistente contemplação do ostensório de raios dourados, aniquilada pelo Cristo vitorioso.

Levaram-na, inerte, enquanto o sacerdote subia ao altar.

Os assistentes perturbados cantaram um *Te Deum* de ação de graças.

E a mulher do ferreiro dormiu quarenta horas seguidas, depois acordou sem nenhuma lembrança da possessão nem da libertação.

Esse, senhoras, é o milagre que eu vi.

O Dr. Bonenfant se calou, depois acrescentou com voz contrariada:

– Não pude me recusar a registrá-lo por escrito.

UMA VIÚVA

Foi durante a temporada de caça, no castelo de Banneville. Era um outono chuvoso e triste. As folhas vermelhas, em vez de estalar sob os pés, apodreciam nos sulcos, sob os pesados aguaceiros.

A floresta, quase despida da folhagem, estava úmida como uma casa de banhos. Quando se entrava nela, sob as grandes árvores chicoteadas pelas sementes, um odor mofado, uma névoa de água caída, de ervas encharcadas, de terra molhada, envolvia a gente; e os caçadores, curvados sob essa contínua inundação, e os cães tristonhos, de cauda caída e pelo colado nas costas, e as jovens caçadoras em seus trajes de tecido colante e encharcados pela chuva, voltavam todas as noites cansados de corpo e de espírito.

No grande salão, depois do jantar, jogavam bingo, sem prazer, enquanto o vento batia ruidosamente nas persianas e jogava os velhos cata-ventos em redemoinhos de pião. Houve então quem sugerisse contar histórias, como se pode ler nos livros; mas ninguém inventava nada de divertido. Os caçadores relatavam aventuras com tiros de espingardas, matanças de coelhos; e as mulheres quebravam a cabeça sem nunca descobrir nela a imaginação de Sherazade.

Estavam prestes a desistir desse divertimento quando uma jovem, brincando sem pensar com a mão de uma velha tia que ficara solteira, notou um pequeno anel feito de cabelos loiros, que tinha visto muitas vezes sem nunca dar atenção.

Então, fazendo-o rodar suavemente em torno do dedo, ela perguntou:

– Diga-me, tia, o que vem a ser esse anel? Parece que é de cabelos de criança...

A velha solteirona corou, empalideceu; depois, com a voz trêmula, disse:

– É tão triste, tão triste, que não quero jamais falar sobre isso. Todo o infortúnio de minha vida vem daí. Eu era muito jovem na época, e a lembrança continua tão dolorosa que choro toda vez que penso nisso.

Então, todos quiseram conhecer a história; mas a tia se recusava a contá-la; finalmente, tanto pediram que ela cedeu:

Muitas vezes, vocês me ouviram falar da família Santèze, agora extinta. Conheci os três últimos homens dessa casa. Os três morreram da mesma maneira; esses cabelos são do último deles. Tinha treze anos quando se matou por mim. Isso lhes parece estranho, não é?

Oh! Eles eram uma raça singular, loucos, se quiserem, mas loucos encantadores, loucos por amor. Todos, de pai para filho, tinham paixões violentas, grandes arroubos que os impelia às coisas mais exaltadas, aos devotamentos mais fanáticos e até mesmo aos crimes. Era algo que estava neles, assim como a devoção ardente está em certas almas. Aqueles que se tornam trapistas não têm a mesma natureza dos frequentadores de salões da sociedade. Entre parentes, costumávamos dizer: "Apaixonado como um Santèze". Só de vê-los, se adivinhava. Todos eles tinham cabelo ondulado, caindo na testa, barba encaracolada e olhos grandes, grandes, cujo feixe de luz penetrava em você e o perturbava sem saber por quê.

O avô deste, cuja única lembrança está aqui, depois de muitas aventuras, de duelos e de raptos de mulheres, se apaixonou loucamente, por volta dos 65 anos, pela filha de seu caseiro. Conheci os dois. Ela era loira, pálida, distinta, com uma fala lenta, uma voz suave e um olhar tão doce, tão doce, que se diria que era de uma Madona. O velho senhor a levou para sua casa e logo ficou tão cativado que não conseguia passar um minuto sem ela. A filha e a nora dele, que viviam no castelo, achavam isso natural, pois o amor era tradição na casa. Quando se tratava de paixão, nada as espantava e, se diante delas se falava de inclinações contrariadas, de amantes desunidos, até de vingança após traições, ambas diziam, no mesmo tom desolado: "Oh! Como ele (ou ela) teve de sofrer para chegar a esse ponto!". Nada mais. Sempre se compadeciam dos dramas do coração e nunca se indignavam, mesmo quando eram criminosos.

Ora, num outono, um jovem, senhor Gradelle, convidado para uma caçada, raptou a moça.

O senhor Santèze permaneceu calmo, como se nada tivesse acontecido; mas certa manhã encontraram-no enforcado no canil, no meio dos cães.

O filho dele morreu da mesma forma, num hotel em Paris, durante uma viagem que fez em 1841, depois de ter sido enganado por uma cantora de Ópera.

Ele deixou um filho de 12 anos e uma viúva, irmã de minha mãe. Ela veio com o filho para morar com meu pai, em nossa propriedade em Bertillon. Eu tinha dezessete anos na época.

Não podem imaginar que criança surpreendente e precoce era esse pequeno Santèze. Poderia se dizer que todas as expressões de ternura, todas as exaltações de sua raça tinham recaído sobre esse último rebento da família. Andava sempre sonhando e passeava sozinho, durante horas, numa grande alameda de olmos que ia do castelo até o bosque. Eu olhava de minha janela esse garoto sentimental que caminhava a passos graves, com as mãos nas costas e de cabeça baixa, e que, às vezes, parava para erguer os olhos como se visse, compreendesse e sentisse coisas que não eram próprias de sua idade.

Muitas vezes, depois do jantar, nas noites claras, ele me dizia: "Vamos sonhar, prima...". E íamos juntos ao parque. Ele parava bruscamente diante das clareiras, de onde flutuava um vapor branco, esse algodão com que a lua adorna os espaços vazios dos bosques; e me dizia, apertando minha mão: "Olhe isso, olhe isso. Mas você não me entende, eu o sinto. Se você me entendesse, seríamos felizes. É preciso amar para saber.". Eu ria e abraçava esse garoto que me adorava loucamente.

Muitas vezes, depois do jantar, ele também ia se sentar no colo de minha mãe e lhe dizia: "Vamos, tia, conte-nos histórias de amor". E minha mãe, brincando, lhe contava todas as lendas de sua família, todas as aventuras apaixonantes de seus pais; pois milhares delas eram mencionadas, verdadeiras e falsas. Foi sua reputação que perdeu todos esses homens; eles alimentavam fantasias e ilusões e depois faziam questão de não deixar passar por falso a boa reputação de sua casa.

O pequeno se exaltava com essas histórias ternas ou terríveis e às vezes batia palmas, repetindo: "Eu também, eu também sei amar melhor do que todos eles!".

Então, ele me cortejou, uma corte tímida e profundamente terna da qual as pessoas riam de tão engraçado que era. Todas as manhãs, eu recebia flores colhidas por ele, e todas as noites, antes de voltar para seu quarto, ele beijava minha mão, sussurrando: "Eu a amo!".

Eu fui culpada, muito culpada; ainda choro sem cessar, toda a minha vida tenho feito penitência por isso e fiquei solteirona – ou melhor, não, fiquei como uma noiva viúva, viúva dele. Eu me divertia com essa ternura pueril, até mesmo a estimulava; eu era namoradeira, sedutora, como se estivesse lidando com um homem, era carinhosa e pérfida. Enlouqueci esse menino. Para mim, era um jogo e, para a mãe dele e para ele próprio, era um alegre divertimento. Ele tinha doze anos! Imaginem! Quem, portanto, teria levado a sério essa paixão de criança! Eu o beijava tanto quanto ele queria; até lhe escrevi ternos bilhetes que nossas mães liam; e ele me respondia com cartas, cartas de fogo, que guardei. Ele acreditava que era secreta nossa intimidade amorosa, julgando-se um homem. Tínhamos esquecido que ele era um Santèze!

Isso durou quase um ano. Uma noite, no parque, ele caiu a meus pés e, beijando a bainha de meu vestido com um ímpeto furioso, repetia: "Eu a amo, eu a amo, eu a amo até a morte. Se você algum dia me trair, está ouvindo, se me trocar por outro, farei como meu pai...". E acrescentou com uma voz profunda, de arrepiar: "Você sabe o que ele fez!".

Depois, como eu ficasse sem dizer nada, ele se levantou e, colocando-se na ponta dos pés para chegar a meu ouvido, porque eu era mais alta do que ele, pronunciou meu nome, meu pobre nome, "Geneviève!", num tom tão doce, tão lindo, tão terno, que estremeci até os pés.

Balbuciei: "Vamos para casa, vamos para casa!". Ele não disse mais nada e me seguiu; mas, quando íamos subir os degraus da varanda, me deteve: "Sabe, se me abandonar, eu me mato".

Compreendi, dessa vez, que eu tinha ido longe demais e me tornei reservada. Um dia, como ele me recriminasse por isso, respondi: "Você agora é grande demais para brincar e jovem demais para um amor sério. Eu espero".

Julgava que assim eu estava desobrigada de qualquer coisa.

No outono, enviaram-no para um internato. Quando voltou no verão seguinte, eu tinha um namorado. Ele compreendeu imediatamente e por oito dias manteve um ar tão pensativo que fiquei realmente inquieta.

No nono dia, pela manhã, ao me levantar, vi um pedacinho de papel enfiado por baixo de minha porta. Eu o peguei, abri e li: "Você me deixou e sabe o que eu lhe disse. É minha morte que você ordenou. Como não quero ser encontrado por ninguém a não ser por você, venha ao parque, exatamente no lugar onde lhe disse no ano passado que eu a amava, e olhe para cima".

Sentia que estava ficando louca. Vesti-me depressão mais depressa possível e corri, corri até perder o fôlego, ao local designado. O boné do colégio estava no chão, na lama. Tinha chovido a noite toda. Ergui os olhos e percebi alguma coisa que balançava entre as folhas, pois estava ventando, ventando muito.

Depois disso, não lembro mais o que fiz. Devo ter gritado primeiro, talvez desmaiado e caído; depois devo ter corrido até o castelo. Recuperei minha razão na cama, com minha mãe na cabeceira.

Achei que tivesse sonhado tudo isso num delírio terrível. Balbuciei: "E ele, ele, Gontran?..." Ninguém me respondeu. Era verdade.

Não tive coragem de revê-lo; mas pedi uma longa mecha de seus cabelos loiros. Aqui... aqui está ela...

E a velha solteirona estendia a mão trêmula num gesto desesperado.

Depois, ela assoou o nariz várias vezes, enxugou os olhos e continuou: "Desisti de meu casamento... sem dizer por quê... E eu... eu sempre fui... a... viúva desse menino de treze anos". Então sua cabeça caiu sobre o peito e ela chorou lágrimas pensativas por longo tempo.

E ao nos dirigirmos aos quartos para dormir, um gordo caçador, cujo sossego ela havia perturbado, sussurrou no ouvido do vizinho:

– Não é triste ser sentimental até esse ponto?

DOIS AMIGOS

Paris estava cercada, faminta e gemendo. Eram raros os pardais nos telhados e os esgostos se despovoavam. Comia-se qualquer coisa.

Enquanto caminhava tristemente numa clara manhã de janeiro ao longo da avenida externa, com as mãos nos bolsos da calça do uniforme e o estômago vazio, o senhor Morissot, relojoeiro de profissão e caseiro de momento, parou de repente diante de um colega que tinha como amigo. Era o senhor Sauvage, um conhecido da beira da água.

Todos os domingos, antes da guerra, Morissot saía de madrugada com uma vara de bambu numa das mãos e uma lata nas costas. Tomava o trem para Argenteuil, descia em Colombes e seguia a pé até a ilha de Marante. Mal chegava nesse local de seus sonhos, começava a pescar; pescava até o anoitecer.

Todos os domingos, encontrava ali um homem baixo, gorducho e jovial, o senhor Sauvage, merceeiro da rua Nossa Senhora de Loreto, outro pescador fanático. Eles costumavam passar metade do dia lado a lado, com a linha nas mãos e os pés balançando acima da corrente, e se tornaram amigos.

Em certos dias, não se falavam. Às vezes, conversavam; mas se entendiam admiravelmente sem dizer nada, e tinham gostos semelhantes e sensações idênticas.

Na primavera, pela manhã, por volta das dez horas, quando o sol rejuvenescido fazia flutuar sobre o rio tranquilo essa pequena névoa que corre com a água e despejava nas costas dos dois pescadores atormentados um belo calor da nova estação, Morissot às vezes dizia ao vizinho: "Ai! Que beleza!", e o senhor Sauvage respondia: "Não conheço nada melhor". E isso bastava para que se entendessem e se estimassem.

No outono, perto do final do dia, quando o céu ensanguentado pelo sol poente lançava na água figuras de nuvens escarlates, deixava o rio inteiro na cor púrpura, incendiava o horizonte, tingia de vermelho como fogo os dois amigos e dourava as árvores já ressequidas, tremendo com os arrepios do inverno, o senhor Sauvage olhava para Morissot com um sorriso e dizia: "Que espetáculo!". E Morissot maravilhado respondia, sem tirar os olhos da pequena boia presa à linha: "Melhor do que a avenida, hein?".

Assim que se reconheceram, apertaram as mãos energicamente, totalmente emocionados por se encontrarem em circunstâncias tão diferentes. O senhor Sauvage, suspirando, murmurou: "Veja só que acontecimentos". Morissot, muito abatido, gemeu: "E que tempo! Hoje é o primeiro belo dia do ano".

De fato, o céu estava todo azul e cheio de luz.

Puseram-se a caminhar lado a lado, sonhadores e tristonhos. Morissot continuou: "E a pesca, hein? Que boa lembrança!".

O senhor Sauvage perguntou: "Quando vamos voltar?".

Entraram num pequeno café e juntos tomaram absinto; em seguida, voltaram a andar pelas calçadas.

Morissot parou de repente: "Um segundo trago?" O senhor Sauvage concordou: "Às suas ordens". E eles entraram no empório de outro mercador de vinhos.

Ao sair, estavam aturdidos, confusos como pessoas em jejum, cujo estômago está cheio de álcool. O tempo era ameno. Uma brisa acariciante lhes afagava o rosto.

O senhor Sauvage, que o ar tépido acabava de embriagar, se deteve e disse:

– E se fôssemos para lá?

– Onde?

– À pesca, ora.

– Mas onde?

– Para nossa ilha. Os postos avançados franceses estão perto de Colombes. Eu conheço o coronel Dumoulin; eles nos deixarão passar facilmente.

Morissot estremeceu de desejo:

– Perfeito. Estou de acordo.

E eles se separaram para buscar seus apetrechos.

Uma hora depois caminhavam lado a lado na estrada principal. Em seguida, chegaram à mansão ocupada pelo coronel. Ele sorriu ao receber o pedido deles e concordou em lhes satisfazer o capricho. Continuaram seu caminho, munidos de um salvo-conduto.

Logo cruzaram os postos avançados, atravessaram Colombes abandonada e se encontraram à borda dos pequenos vinhedos que descem em direção ao rio Sena. Eram cerca de onze horas.

Diante deles, a aldeia de Argenteuil parecia morta. As montanhas de Orgemont e de Sannois dominavam toda a região. A grande planície que vai até Nanterre estava vazia, completamente vazia, com suas cerejeiras sem folhas e suas terras cinzentas.

O senhor Sauvage, apontando para os cumes, murmurou:

– Os prussianos estão lá em cima!

E uma inquietação paralisava os dois amigos diante dessa região deserta.

"Os prussianos!". Eles nunca os tinham visto, mas sabiam que estavam ali havia meses, ao redor de Paris, arruinando a França, saqueando, massacrando, matando de fome, invisíveis e todo-poderosos. E uma espécie de terror supersticioso se somava ao ódio que eles tinham por esse povo desconhecido e vitorioso.

Morissot balbuciou:

– Se encontrarmos alguns deles, hein?

O senhor Sauvage respondeu, com o ar zombeteiro parisiense reaparecendo apesar de tudo:

– Vamos lhes oferecer batata frita.

Mas hesitaram em se aventurar pelos campos, intimidados pelo silêncio de todo o horizonte.

No final, o senhor Sauvage se decidiu:

– Vamos, a caminho! Mas com precaução.

E desceram até um vinhedo, curvados em dois, rastejando, aproveitando-se dos arbustos para se encobrir, de olhos inquietos e ouvidos apurados.

Restava ainda uma faixa de terra nua a atravessar para chegar à beira do rio. Puseram-se a correr; e assim que alcançaram a margem se agacharam no meio dos juncos secos.

Morissot encostou o ouvido no chão para escutar se os soldados estavam marchando nas redondezas. Não ouviu nada. Estavam sozinhos, totalmente sozinhos.

Tranquilizaram-se e começaram a pescar.

Na frente deles, a desabitada ilha de Marante os escondia da outra margem. A pequena casa do restaurante estava fechada, parecia abandonada havia anos.

O senhor Sauvage fisgou o primeiro peixe, Morissot apanhou o segundo e, a todo instante, levantavam as varas com um pequeno animal prateado se debatendo no final da linha: uma verdadeira pesca milagrosa.

Colocavam delicadamente os peixes numa bolsa reticulada bem apertada, mergulhada na água a seus pés. E uma alegria deliciosa os invadia, uma dessas alegrias que estampam o rosto quando se reencontra um prazer amado de que há muito tempo se está privado.

O belo sol enviava seu calor por sobre as costas dos dois; não ouviam mais nada; não pensavam em mais em nada; ignoravam o resto do mundo; pescavam.

Mas, de repente, um barulho surdo, que parecia vir do subsolo, fez o chão tremer. O canhão recomeçava a troar.

Morissot virou a cabeça e, por cima da margem, viu ao longe, à esquerda, a grande silhueta do monte Valérien, que trazia na frente um penacho branco, uma névoa de pólvora que acabava de cuspir.

E logo um segundo jato de fumaça subiu do topo da fortaleza e, alguns instantes depois, uma nova detonação rugiu.

Depois, outras se seguiram e, de momento a momento, a montanha lançava seu hálito de morte, soprava seus vapores leitosos que subiam lentamente no céu calmo, formando uma nuvem acima dela.

O senhor Sauvage deu de ombros e disse:

– Eis que recomeçam.

Morissot, que olhava ansiosamente a pena de sua boia mergulhar em rápida sucessão, foi subitamente tomado pela raiva de homem pacífico contra esses loucos que assim combatiam e murmurou:

– É preciso ser bem estúpido para se matar desse jeito.

O senhor Sauvage arrematou:

- É pior do que os animais.

E Morissot, que acabava de fisgar outro peixe, declarou:

– E pensar que será sempre assim enquanto houver governos.

O senhor Sauvage o deteve:

– A República não teria declarado guerra...

Morissot o interrompeu:

– Com os reis, temos guerra no exterior; com a República, temos guerra interna.

E tranquilamente se puseram a discutir, desvendando os grandes problemas políticos com uma razão sadia de homens gentis e limitados, concordando neste ponto: de que nunca seríamos livres. E o monte Valérien troava sem descanso, demolindo a golpes de balas de canhão casas francesas, ceifando vidas, esmagando seres, pondo fim a muitos sonhos, a muitas alegrias aguardadas, a muitas felicidades esperadas, injetando em corações de mulheres, em corações de moças, em corações de mães, ali e em outros países, sofrimentos que não teriam fim jamais.

– É a vida – disse o senhor Sauvage.

– Diga antes que é a morte – retrucou Morissot, rindo.

Mas os dois estremeceram apavorados ao pressentir que havia gente vindo atrás deles e, voltando os olhos, viram, de pé a suas costas, quatro homens, quatro homens altos, armados e barbudos, vestidos como criados de libré e com gorros lisos na cabeça, mantendo-os na mira de seus fuzis.

As duas linhas escaparam de suas mãos e foram descendo o rio.

Em poucos segundos, eles foram agarrados, atados, carregados, jogados num barco e entregues na ilha.

E, atrás da casa que eles tinham julgado estar abandonada, viram cerca de vinte soldados alemães.

Uma espécie de gigante peludo que fumava, escanchado na cadeira, um grande cachimbo de porcelana perguntou-lhes, em excelente francês:

– Pois bem, senhores, fizeram uma boa pescaria?

Então, um soldado colocou aos pés do oficial a bolsa cheia de peixes que tivera o cuidado de recolher. O prussiano sorriu:

– Eh! Eh! Vejo que não foi nada mal. Mas trata-se de outra coisa. Escutem e não se preocupem. Para mim, vocês são dois espiões enviados para me vigiar. Prendo-os e os fuzilo. Fingem estar pescando, a fim de melhor dissimular seus planos. Caíram em minhas mãos, tanto pior para vocês; é a guerra. Mas, como vocês passaram pelos postos avançados, certamente têm uma senha para voltar. Deem-me essa senha e irei poupá-los.

Os dois amigos, lívidos, lado a lado, com as mãos agitadas por um leve tremor nervoso, se calavam.

O oficial continuou:

– Ninguém jamais saberá, vocês voltarão totalmente em paz. O segredo irá desaparecer com vocês. Se recusarem, é a morte, e logo em seguida. Escolham.

Eles permaneciam imóveis, sem abrir a boca.

O prussiano, sempre calmo, continuou, estendendo o braço em direção ao rio:

– Considerem que dentro de cinco minutos estarão no fundo dessas águas. Dentro de cinco minutos! Vocês devem ter parentes!

O monte Valérien ainda trovejava.

Os dois pescadores permaneciam de pé e em silêncio. O alemão deu ordens em sua língua. Depois, mudou de lugar sua cadeira para não ficar muito perto dos prisioneiros; e doze homens vieram se colocar a vinte passos de distância, com o fuzil aos pés.

O oficial continuou:

– Vou lhes dar um minuto, nem dois segundos a mais.

Depois, levantou-se bruscamente, aproximou-se dos dois franceses, tomou Morissot pelo braço, arrastou-o para mais longe e lhe disse em voz baixa:

– Depressa, a senha! Seu amigo não saberá de nada, parecerei comovido.

Morissot não respondeu nada.

O prussiano arrastou então o senhor Sauvage e lhe fez a mesma pergunta.

O senhor Sauvage não respondeu.

Eles ficaram lado a lado novamente.

E o oficial se pôs a comandar. Os soldados ergueram as armas.

Então, o olhar de Morissot caiu por acaso sobre a bolsa cheia de peixes, que permanecia na grama, a poucos passos dele.

Um raio de sol fazia brilhar a pilha de peixes, que ainda se mexiam. E um desânimo o invadiu. Apesar de seus esforços, seus olhos se encheram de lágrimas.

E balbuciou:

– Adeus, senhor Sauvage.

O senhor Sauvage respondeu:

– Adeus, senhor Morissot.

Eles se deram as mãos, sacudidos da cabeça aos pés por invencíveis tremores.

O oficial gritou: "Fogo!".

Os doze tiros se tornaram um só.

O senhor Sauvage caiu como um bloco, de bruços. Morissot, mais alto, oscilou, girou e caiu transversalmente sobre seu amigo, com o rosto voltado para o céu, enquanto bolhas de sangue escapavam de sua túnica, cravejada na altura do peito.

O alemão deu novas ordens.

Seus homens se dispersaram, depois voltaram com cordas e pedras, que ataram aos pés dos dois mortos, e os carregaram até a margem do rio.

O monte Valérien não parava de rugir, agora coberto por uma montanha de fumaça.

Dois soldados tomaram Morissot pela cabeça e pelas pernas; dois outros fizeram o mesmo com o senhor Sauvage. Os corpos, por um momento balançados com força, foram jogados ao longe, descreveram uma curva, depois mergulharam, de pé, no rio; as pedras arrastaram os pés primeiro.

A água jorrou, borbulhou, estremeceu e, por fim, se acalmou, enquanto pequeninas ondas se sucediam até chegar à margem.

Um pouco de sangue flutuava.

O oficial, sempre sereno, disse em voz baixa:

– Agora é a vez dos peixes.

Depois voltou para a casa.

E, de repente, viu a bolsa reticulada com os peixes na grama. Recolheu-a, examinou-a, sorriu e gritou: "Wilhem!".

Um soldado apareceu correndo com um avental branco. E o prussiano, jogando-lhe a pesca dos dois fuzilados, ordenou:

– Prepare-me esses bichinhos fritos, enquanto ainda estão vivos. Vai ser um prato delicioso.

Depois voltou a fumar seu cachimbo.

A MÃO

Formava-se um círculo em torno do senhor Bermutier, juiz de instrução, que dava sua opinião sobre o misterioso caso de Saint-Cloud. Fazia um mês que esse inexplicável crime aterrorizava Paris. Ninguém compreendia nada.

O senhor Bermutier, de pé e de costas para a lareira, falava, reunia as provas, discutia as diversas opiniões, mas não chegava a conclusão alguma.

Muitas mulheres haviam se levantado para se aproximar e permaneciam de pé, de olhos fixos na boca sem bigode do magistrado, de onde saíam palavras graves. Elas estremeciam, vibravam, tensas por seu medo curioso, pela ávida e insaciável necessidade de terror que assombra a alma, que a tortura como a fome.

Uma delas, mais pálida que as outras, disse durante um momento de silêncio:

– É horrível. Isso beira o sobrenatural. Nunca saberemos de nada.

O magistrado voltou-se para ela:

– Sim, senhora, é provável que nunca saibamos de nada. Quanto à palavra "sobrenatural" que acabou de usar, nada tem a ver com isso. Estamos diante de um crime muito habilmente concebido, muito habilmente executado, tão bem envolto em mistério que não podemos separá-lo das impenetráveis circunstâncias que o cercam. Mas eu mesmo tive de acompanhar, outrora, um caso que realmente parecia se mesclar com algo de fantástico. Teve de ser abandonado, aliás, por falta de meios para esclarecê-lo.

Várias mulheres falaram ao mesmo tempo e tão rapidamente que suas vozes se tornaram uma:

– Oh! Conte-nos.

O senhor Bermutier sorriu gravemente, como deve sorrir um juiz de instrução. E continuou:

– Não creiam, pelo menos, que fui capaz, mesmo por um momento, de supor algo de sobre-humano nessa aventura. Eu só acredito em causas normais. Mas se, em vez de usar a palavra "sobrenatural" para expressar o que não entendemos, nos servíssemos simplesmente da palavra "inexplicável", seria muito melhor. De qualquer maneira, no caso que vou lhes contar, foram sobretudo as circunstâncias adjacentes, as circunstâncias preparatórias, que me impressionaram. Enfim, aqui estão os fatos:

Eu era então juiz de instrução em Ajaccio, uma pequena cidade branca, situada à beira de um golfo admirável, cercado por altas montanhas por todos os lados.

O que eu tinha de investigar ali eram principalmente casos de vingança. Há alguns magníficos, extremamente dramáticos, ferozes, heroicos. Encontramos ali os mais belos temas de vingança que se possa imaginar; ódios seculares, apaziguados por um momento, mas nunca extintos, artimanhas abomináveis, assassinatos que se tornaram massacres e ações quase gloriosas. Há dois anos que só ouço falar do preço do sangue, desse terrível preconceito corso que obriga a vingar qualquer injúria contra a pessoa que a cometeu, seus descendentes e parentes. Já tinha visto degolar velhos, filhos, primos; tinha a cabeça cheia dessas histórias.

Mas um dia soube que um inglês acabara de alugar, por vários anos, uma pequena mansão no fundo do golfo. Ele havia trazido consigo um criado francês, que tinha contratado ao passar por Marselha.

Logo todos passaram a se interessar por esse personagem singular, que vivia sozinho em sua casa, saindo apenas para caçar e pescar. Não falava com ninguém, nunca vinha à cidade e todas as manhãs se exercitava, durante uma ou duas horas, atirando com pistolas e com carabina.

Surgiram lendas em torno dele. Diziam que era um personagem importante que fugia de sua pátria por motivos políticos; depois afirmaram que se escondia por ter cometido um crime horroroso. Citavam até mesmo circunstâncias particularmente terríveis.

Na minha qualidade de juiz de instrução, quis obter algumas informações sobre esse homem; mas foi impossível conseguir qualquer coisa que fosse. Ele dizia se chamar Sir John Rowell.

Eu me contentei, portanto, em vigiá-lo de perto; mas, na verdade, não via nada de suspeito nele.

Como, no entanto, os boatos continuavam, aumentavam e se generalizavam, resolvi tentar ver eu mesmo esse estranho e comecei a caçar regularmente nas proximidades de sua propriedade.

Esperei muito tempo por uma oportunidade. Finalmente, ela se apresentou sob a forma de uma perdiz na qual atirei e matei na frente do inglês. Meu cachorro a trouxe de volta para mim; mas, tomando logo a caça abatida, fui me desculpar de minha inconveniência e pedir a Sir John Rowell que aceitasse a ave morta.

Era um homem corpulento, de cabelos e barba ruivos, muito alto e largo, uma espécie de Hércules tranquilo e educado. Não tinha nada da dita rigidez britânica e agradeceu calorosamente minha delicadeza num francês com sotaque de além-Canal da Mancha. Ao fim de um mês, tínhamos conversado umas cinco ou seis vezes.

Certa tarde, enfim, ao passar diante de sua porta, eu o vi fumando seu cachimbo, sentado escanchado na cadeira no jardim. Cumprimentei-o e ele me convidou para um copo de cerveja. Não pensei duas vezes.

Recebeu-me com toda a meticulosa cortesia inglesa, teceu elogios à França e à Córsega, declarou que gostava muito dessa região, dessa costa.

Então, com grandes precauções e sob a forma de um vivo interesse, lhe fiz algumas perguntas sobre sua vida, sobre seus planos. Ele me respondeu sem constrangimento, disse que tinha viajado muito, pela África, pela Índia, pela América. E acrescentou, rindo:

– Tive muitas aventuras, Oh! *Yes.*

Depois voltei a falar de caça e ele me deu os detalhes mais curiosos sobre a caça ao hipopótamo, ao tigre, ao elefante e até mesmo a caça ao gorila.

Eu disse:

– Todos esses animais são temíveis.

Ele sorriu:

– *Oh, no*! O pior é o homem.

Desatou a rir com vontade, com uma boa risada de inglês gordo e contente:

– Cacei muito o homem também.

Depois, falou de armas e me convidou a entrar na casa para me mostrar espingardas de diversos sistemas.

Sua sala estava forrada de preto, com seda preta bordada a ouro. Grandes flores amarelas se estendiam sobre o tecido escuro, brilhando como fogo.

Ele explicou:

– Era um tecido japonês.

Mas, no meio do painel mais largo, uma coisa estranha me chamou a atenção. Sobre um quadrado de veludo vermelho, um objeto preto se destacava. Aproximei-me: era uma mão, uma mão de homem. Não uma mão de esqueleto, branca e limpa, mas uma mão negra e ressequida, de unhas amarelas, com os músculos à vista e vestígios de sangue antigo, sangue parecido com sujeira, nos ossos cortados rente, como que por um golpe de machado, perto do meio do antebraço.

Em torno do pulso, uma enorme corrente de ferro, fixa, soldada a esse membro sujo, prendia-o à parede com um anel bastante forte para segurar um elefante pela correia.

Perguntei:

– O que é aquilo?

O inglês respondeu tranquilamente:

– Foi meu melhor inimigo. Veio da América. Foi cortado com o sabre e a pele arrancada com uma pedra afiada e secada ao sol durante oito dias. Oh, essa foi muito boa para mim.

Toquei nesse resto humano que devia ter pertencido a um colosso. Os dedos, desmesuradamente longos, estavam presos por enormes tendões que retinham tiras de pele em alguns lugares. Essa mão, era horroroso só de vê-la esfolada daquele jeito, fazia pensar naturalmente em alguma vingança selvagem.

Eu disse:

– Esse homem devia ser muito forte.

O inglês disse gentilmente:

– Oh, *yes*; mas eu fui mais forte que ele. Coloquei essa corrente para segurá-lo.

Achei que estava brincando e disse:

– Essa corrente é totalmente inútil agora; a mão não vai escapar.

Sir John Rowell disse, então, muito sério:

– Ela sempre quis ir embora. Essa corrente é necessária.

Com um rápido olhar, perscrutei seu rosto, perguntando-me:

– É um louco ou um péssimo brincalhão?

Mas o rosto permanecia impenetrável, tranquilo e benevolente. Falei de outra coisa e admirei as espingardas.

Reparei, no entanto, que três revólveres carregados repousavam sobre os móveis, como se esse homem vivesse em constante receio de um ataque.

Voltei várias vezes para a casa dele. Depois, não fui mais. Todos estavam acostumados com sua presença; ele havia se tornado indiferente a todas as pessoas.

Um ano inteiro se passou. Ora, certa manhã, no final de novembro, meu criado me acordou para me dizer que Sir John Rowell havia sido assassinado naquela noite.

Meia hora depois, entrei na casa do inglês com o comissário central e o capitão da polícia. O criado, perplexo e desesperado, chorava diante da porta. De início, suspeitei desse homem, mas ele era inocente.

O culpado nunca foi encontrado.

Ao entrar na sala de Sir John, percebi, à primeira vista, o cadáver estendido de costas.

O colete estava rasgado, com uma manga pendurada, indicando que uma luta terrível havia ocorrido.

O inglês estava morto, estrangulado! Seu rosto negro e inchado, assustador, parecia exprimir um abominável terror; segurava alguma coisa entre os dentes cerrados; e o pescoço, perfurado por cinco orifícios que se diria terem sido feitos com pontas de ferro, estava coberto de sangue.

Um médico veio juntar-se a nós. Examinou demoradamente as marcas dos dedos na carne e disse essas estranhas palavras:

– Parece que foi estrangulado por um esqueleto.

Um arrepio percorreu minhas costas e olhei para a parede, no local onde tinha visto outrora a horrível mão esfolada. Não estava mais lá. A corrente, quebrada, pendia solta.

Então me abaixei na direção do morto e, em sua boca crispada, encontrei um dos dedos dessa mão desaparecida, cortado, ou melhor, serrado pelos dentes exatamente na segunda falange.

Em seguida, procedemos às constatações. Nada foi descoberto. Nenhuma porta tinha sido arrombada, nenhuma janela, nenhum móvel. Os dois cães de guarda não haviam acordado.

Aqui está, em poucas palavras, o depoimento do criado:

Havia um mês que seu mestre parecia agitado. Havia recebido muitas cartas, logo queimadas.

Muitas vezes, tomando um chicote, numa cólera que parecia loucura, tinha espancado com fúria essa mão ressequida, colada à parede e tirada dali, não se sabe como, precisamente na hora do crime.

Ele se deitava muito tarde e se trancava com cuidado. Tinha sempre armas ao alcance da mão. Com frequência, à noite, falava alto, como se estivesse discutindo com alguém.

Naquela noite, por acaso, ele não tinha feito barulho algum e foi somente quando foi abrir as janelas que o criado encontrou Sir John assassinado. Ele não suspeitava de ninguém.

Comuniquei o que sabia sobre o morto aos magistrados e aos oficiais da força pública, e uma investigação minuciosa foi feita em toda a ilha. Não se descobriu nada.

Ora, certa noite, três meses depois do crime, tive um pesadelo pavoroso. Pareceu-me que via a mão, a horrível mão, correndo como um escorpião ou como uma aranha ao longo de minhas cortinas e de minhas paredes. Três vezes acordei, três vezes adormeci de novo, três vezes vi o hediondo resquício de mão galopando em volta de meu quarto, mexendo os dedos como se fossem patas.

No dia seguinte, trouxeram-me essa mão, encontrada no cemitério, sobre o túmulo de Sir John Rowell, que havia sido enterrado ali, porque não tinham conseguido descobrir sua família.

Faltava o dedo indicador.

Aí está, senhoras, minha história. Não sei mais nada.

As mulheres, totalmente perturbadas, estavam pálidas, arrepiadas. Uma delas exclamou:

— Mas isso não é um desfecho nem uma explicação! Não vamos conseguir dormir, se não nos disser o que poderia ter acontecido, segundo sua opinião.

O magistrado sorriu com severidade:

— Oh! Eu, senhoras, certamente vou estragar seus sonhos terríveis. Acho simplesmente que o legítimo proprietário da mão não estava morto, que veio buscá-la com a que lhe restava. Mas não consegui, por exemplo, descobrir como ele fez isso. Trata-se de uma espécie de vingança.

Uma das mulheres murmurou:

– Não, não deve ser assim.

E o juiz de instrução, sempre sorrindo, concluiu:

– Eu lhes havia dito que minha explicação não iria satisfazê-las.

UMA VENDETA[14]

A viúva de Paolo Saverini morava sozinha com o filho numa casinha pobre, à beira das muralhas de Bonifacio. A cidade, construída sobre um prolongamento da montanha e, em alguns pontos, suspensa acima do mar, contempla, por sobre o estreito eriçado de recifes, a costa mais baixa da Sardenha. A seus pés, do outro lado, contornando-a quase inteiramente, um corte da falésia, que se assemelha a um gigantesco corredor, serve-lhe de porto e traz até as primeiras casas, após um longo circuito entre duas muralhas abruptas, os pequenos barcos de pesca italianos ou sardos e, a cada quinze dias, o velho vapor arquejante que faz o percurso de Ajaccio.

Sobre a montanha branca, o amontoado de casas se destaca como uma mancha ainda mais branca. Essas casas parecem ninhos de pássaros selvagens agarrados ao rochedo, dominando essa passagem terrível, onde os navios dificilmente se aventuram. O vento constante cansa o mar, castiga a costa nua, corroída por ele, mal revestida de erva; precipita-se no estreito, devastando-lhe as duas margens. Os rastos de espuma pálida, circundando as pontas negras dos incontáveis rochedos que perfuram as ondas por toda a parte, parecem

---

14. Do italiano *vendetta*, vingança, o termo foi aportuguesado em *vendeta*, indicando especificamente a busca e a perpetração da vingança por ofensa ou assassinato, que é assumida pelos parentes da vítima. (N.T.)

fragmentos de tecido flutuando e palpitando na superfície da água.

A casa da viúva Saverini, soldada à beira da falésia, abria suas três janelas para esse horizonte selvagem e desolado.

Ela vivia ali, sozinha, com o filho Antoine e a cadela "Fogosa", animal grande e magro, com pelos longos e ásperos, da raça de cães pastores, que vigiam rebanhos. O jovem se servia dela para caçar.

Uma tarde, após uma discussão, Antoine Saverini foi traiçoeiramente morto com uma facada por Nicolas Ravolati, que, naquela mesma noite, fugiu para a Sardenha.

Quando a velha mãe recebeu o corpo do filho, que os transeuntes lhe trouxeram, não chorou, mas ficou imóvel por muito tempo, olhando para ele; depois, estendendo a mão enrugada sobre o cadáver, lhe prometeu a "vendeta". Não quis que ninguém ficasse com ela e se fechou ao lado do corpo com a cadela que uivava. O animal gania de forma contínua, de pé ao lado da cama, de cabeça voltada para o dono e de cauda enfiada entre as patas. Não se afastou dali, como a mãe que, inclinada sobre o corpo inerte, olhos fixos, derramava grossas lágrimas mudas ao contemplá-lo.

O jovem, deitado de costas, vestido com seu casaco de tecido grosso, perfurado e rasgado no peito, parecia dormir; mas havia sangue por toda a parte: na camisa arrancada para proceder aos primeiros socorros; no colete, na calça, no rosto, nas mãos. Coágulos de sangue haviam grudado na barba e no cabelo.

A velha mãe começou a falar com ele. Ao som daquela voz, a cadela se calou.

– Vá, vá, você será vingado, meu pequeno, meu rapaz, meu pobre filho. Durma, durma, você será vingado, está ouvindo? É a mãe quem promete! E a mãe sempre cumpre sua palavra, você sabe disso.

E lentamente se inclinou sobre ele, colando seus lábios frios nos lábios mortos.

Então, Fogosa se pôs a gemer novamente. Soltava longos queixumes monótonos, dilacerantes, horríveis.

Ficaram ali, as duas, a mulher e a cadela, até de manhã.

Antoine Saverini foi sepultado no dia seguinte e em pouco tempo ninguém mais falava dele em Bonifacio.

Não havia deixado irmão nem primos próximos. Não havia homem algum para executar a "vendeta". Só a velha mãe pensava nisso.

Do outro lado do estreito, ela via, de manhã à noite, um ponto branco na costa. É uma pequena aldeia da Sardenha, Longosardo, onde se refugiam os bandidos da Córsega, acuados de muito perto. Quase sozinhos povoam todo esse lugarejo, situado diante da costa de sua pátria, e ali esperam o momento de regressar, de retornar aos matagais da Córsega. Foi nessa aldeia, ela o sabia, que Nicolas Ravolati havia se refugiado.

Sozinha, o dia todo, sentada à janela, ela olhava para lá, pensando na vingança. Como faria, sem ninguém, enferma, tão perto da morte? Mas havia prometido, havia jurado sobre o cadáver. Não podia esquecer, não podia esperar. O que haveria de fazer? Não dormia mais à noite, não tinha mais repouso nem sossego, procurava uma solução obstinadamente. A cadela, a seus pés, cochilava e, às vezes, levantando a cabeça, uivava ao longe. Como seu dono não estivesse mais ali, gania com frequência dessa forma, como se o estivesse chamando, como se sua alma animal, inconsolável, também tivesse guardado a lembrança que nada apaga.

Ora, uma noite, como Fogosa recomeçasse a gemer, a mãe de repente teve uma ideia, uma ideia de selvagem vingativo e feroz. Meditou sobre isso até de manhã; depois, levantando-se ao despontar do dia, foi à igreja. Orou prostrada no chão, abatida diante de Deus, suplicando-lhe que a ajudasse, que a sustentasse, que desse a seu pobre corpo desgastado a força de que precisava para vingar o filho.

Depois voltou para casa. Tinha, no pátio, um velho barril desconjuntado que recolhia a água das calhas; deitou-o de lado, esvaziou-o, firmou-o no chão com estacas e pedras; depois acorrentou Fogosa a esse nicho e foi para dentro de casa.

Agora andava, sem descanso, em seu quarto, sempre de olhos fixos na costa da Sardenha. Lá estava ele, o assassino.

A cadela uivou durante o dia todo e durante a noite toda. A velha, pela manhã, trouxe-lhe água numa tigela, mas nada mais: nada de sopa, nada de pão.

Mais um dia se passou. Fogosa, extenuada, dormia. No dia seguinte, tinha os olhos reluzentes, o pelo eriçado e puxava desvairadamente a corrente.

A velha, uma vez mais, não lhe deu nada de comer. O animal, agora furioso, latia com voz rouca. A noite também se passou.

Então, depois do amanhecer, a mãe Saverini foi à casa do vizinho pedir que lhe desse dois fardos de palha. Pegou depois algumas roupas velhas que o marido havia usado outrora e as encheu de forragem para simular um corpo humano.

Fincou uma estaca no chão, diante da casinha de Fogosa, amarrou esse manequim à estaca para mantê-lo de pé. Depois imitou a cabeça fazendo um pacote de roupa velha.

A cadela, surpresa, olhava para esse homem de palha e se calava, embora devorada pela fome.

Então a velha foi até o açougue para comprar um grande pedaço de morcela preta. Ao chegar em casa, acendeu uma fogueira no quintal, perto da casinha da cadela, e assou a morcela. Fogosa, endoidecida, pulava, espumava, de olhos fixos na grelha, cujo cheiro penetrava em sua barriga.

Depois a mãe fez desse grelhado fumegante uma gravata para o homem de palha. Amarrou-a lentamente em volta do pescoço do espantalho, como se fosse infiá-la por baixo das roupas dele. Quando terminou, soltou a cadela.

Num salto formidável, o animal atingiu a garganta do manequim e, com as patas em seus ombros, começou a dilacerá-lo. Tornava ao chão com um pedaço de sua presa na goela, depois saltava de novo, cravava seus caninos nas cordas, arrancava alguns pedaços de alimento, tornava ao chão e voltava a saltar, obstinada. Arrancava o rosto a grandes dentadas e deixava em farrapos o pescoço inteiro.

A velha, imóvel e muda, observava de olhos acesos. Depois acorrentou novamente o animal, o fez jejuar por mais dois dias e recomeçou esse estranho exercício.

Durante três meses, ela habituou a cadela a essa espécie de luta, a essa refeição conquistada a dentadas. Não a acorrentava mais agora, mas a lançava contra o manequim com um gesto.

Ela a havia ensinado a dilacerá-lo, a devorá-lo, mesmo que não houvesse alimento algum escondido no pescoço do espantalho. Em seguida, dava-lhe, como recompensa, a morcela que havia grelhado.

Assim que via o homem, Fogosa estremecia, depois voltava os olhos para a dona, que gritava "Vá!", com uma voz sibilante, levantando o dedo.

Quando julgou que havia chegado a hora, a mãe Saverini foi se confessar e comungar num domingo de manhã, com êxtases de fervor; depois, vestida com roupas masculinas, assemelhando-se a um pobre velho andrajoso, entrou em acordo com um pescador sardo, que a levou, acompanhada da cadela, para o outro lado do estreito.

Numa sacola de pano, carregava um grande pedaço de morcela. Fogosa estava em jejum há dois dias. A velha, a todo momento, a fazia farejar o cheiroso alimento e a excitava.

Entraram em Longosardo. A mulher andava mancando.

Dirigiu-se a uma padaria e perguntou onde residia Nicolas Ravolati. Ele havia retomado seu antigo ofício, o de marceneiro. Trabalhava sozinho nos fundos de sua marcenaria.

A velha empurrou a porta e o chamou:

– Olá! Nicolas!

Ele se virou; então, largando a cadela, ela gritou:

– Vá, vá! Devore, devore!

O animal, enlouquecido, saltou e se agarrou à garganta do homem, que estendeu os braços, apertou-o, rolou pelo chão. Durante alguns segundos, ele se contorceu, batendo no solo com os pés; depois ficou imóvel, enquanto Fogosa lhe vasculhava o pescoço, que ia arrancando aos pedaços.

Dois vizinhos, sentados à porta da casa deles, se lembravam perfeitamente de ter visto um velho pobre com um cachorro preto bem magro que comia, enquanto caminhava, alguma coisa marrom que o dono lhe dava.

À tarde, a velha já tinha voltado para casa. Dormiu bem naquela noite.

APARIÇÃO

Falava-se de sequestro a propósito de um processo recente. Foi no final de uma noite íntima, na rua Grenelle, num antigo hotel, e todos tinham sua história, uma história que diziam ser verdadeira.

Então, o velho marquês de La Tour-Samuel, de 82 anos, levantou-se e veio se encostar na lareira. Disse com sua voz ligeiramente trêmula:

— Eu também sei de uma coisa estranha, tão estranha, que tem sido a obsessão de minha vida. Vai fazer agora 56 anos que essa aventura me aconteceu e não passa um mês sem que a reveja em sonho. Ficou em mim, desde aquele dia, uma marca, uma marca de medo, compreendem? Sim, sofri um terrível susto, durante dez minutos, de tal forma que desde aquela hora uma espécie de terror constante permaneceu em minha alma. Ruídos inesperados me fazem estremecer até a medula dos ossos; os objetos que mal consigo ver nas sombras da noite me dão uma vontade louca de fugir. Enfim, tenho medo à noite.

Oh! Não teria confessado isso se não tivesse chegado à idade que tenho. Agora posso contar tudo. É permitido não ser corajoso diante de perigos imaginários aos 82 anos. Diante dos perigos reais, nunca recuei, senhoras.

Essa história me transtornou de tal modo o espírito, provocou em mim uma perturbação tão profunda, tão misteriosa, tão apavorante, que nunca cheguei a contá-la. Guardei-a no fundo mais íntimo de mim mesmo, nesse fundo em que escondemos os segredos dolorosos, os segredos vergonhosos, todas as fraquezas inconfessáveis que temos em nossa existência.

Vou lhes contar a aventura tal qual ocorreu, sem tentar explicá-la. É bem certo que pode ser explicada, a menos que eu tenha tido minha hora de loucura. Mas não, eu não estava louco e vou lhes provar isso. Imaginem o que quiserem. Seguem-se, pois, simplesmente os fatos.

Era o ano de 1827, mês de julho. Eu estava em Rouen, na guarnição.

Um dia, enquanto passeava pelo cais, encontrei um homem que julguei reconhecer sem me lembrar exatamente quem era. Instintivamente, fiz um movimento para me deter. O estranho percebeu o gesto, olhou para mim e caiu em meus braços.

Era um amigo da juventude, por quem nutria grande afeto. Fazia cinco anos que não o via; parecia ter envelhecido meio século. Seus cabelos estavam totalmente brancos; e caminhava encurvado, como se estivesse exausto. Percebeu minha surpresa e me contou a história de sua vida. Um terrível infortúnio o havia destroçado.

Apaixonado perdidamente por uma jovem, tinha casado com ela numa espécie de êxtase de felicidade. Depois de um ano de uma felicidade sobre-humana e de uma paixão inesgotável, ela morreu subitamente de uma doença cardíaca, sem dúvida morta pelo próprio amor.

Ele havia deixado seu castelo no mesmo dia do sepultamento e tinha vindo morar em sua casa em Rouen. Vivia ali, solitário e desesperado, consumido pela dor, tão miserável que só pensava em suicídio.

– Já que o encontrei – disse-me ele –, vou lhe pedir para me prestar um grande favor. Procure em minha casa, na mesa de meu quarto, de nosso quarto, alguns papéis de que tenho urgente necessidade. Não posso confiar essa tarefa a um subalterno ou homem de negócios, pois preciso de impenetrável discrição e de absoluto silêncio. Quanto a mim, por nada deste mundo entraria novamente naquela casa. Vou lhe dar a chave do quarto, que eu mesmo tranquei ao partir, e a chave de minha escrivaninha. Além disso, entregará um bilhete meu ao jardineiro, que abrirá o castelo para você. Mas venha almoçar comigo amanhã e conversaremos a respeito.

Prometi lhe prestar esse pequeno favor. Além do mais, para mim não passava de um passeio, pois sua propriedade se situava a cerca de cinco léguas de Rouen. Levaria uma hora a cavalo.

Às dez horas do dia seguinte, eu estava na casa dele. Almoçamos juntos; mas ele não disse vinte palavras. Pedia-me para que o desculpasse; a ideia da visita que eu ia fazer a esse quarto, onde jazia sua felicidade, o transtornava, dizia ele. De fato, pareceu-me singularmente agitado, preocupado, como se um misterioso combate tivesse se travado em sua alma.

Finalmente, explicou-me exatamente o que eu tinha de fazer. Era muito simples. Devia apanhar dois pacotes de cartas e um maço de papéis trancados na primeira gaveta à direita do móvel de que eu tinha a chave. E acrescentou:

– Não preciso lhe pedir para que não os leia.

Quase fiquei magoado com essas palavras e o disse a ele de maneira um pouco ríspida. Ele balbuciou:

– Perdoe-me, é que isso me dói demais.

E começou a chorar.

Deixei-o por volta de uma hora para cumprir minha missão.

O tempo estava maravilhoso e eu ia a trote rápido pelas pradarias, escutando o canto das cotovias e o ruído ritmado de meu sabre roçando na bota.

Depois, entrei na floresta e pus o cavalo a andar a passo. Galhos de árvores acariciavam meu rosto; e às vezes agarrava uma folha com os dentes e a mastigava com avidez, numa dessas alegrias de viver que, não se sabe por quê, nos enchem de uma felicidade tumultuosa e fugidia, de uma espécie de embriaguez de força.

Ao me aproximar do castelo, procurei no bolso a carta que tinha para o jardineiro e, com espanto, percebi que estava lacrada. Fiquei tão surpreso e irritado que quase voltei sem levar a cabo minha missão. Depois pensei que com isso iria mostrar uma suscetibilidade de mau gosto. Além do mais, meu amigo, no estado de perturbação em que se encontrava, poderia ter lacrado a carta por descuido.

O castelo parecia estar abandonado há vinte anos. A barreira, aberta e apodrecida, mantinha-se de pé, não se sabe como. A grama tomava conta das alamedas; não se conseguia mais distinguir os canteiros de flores dos gramados.

Ao ouvir o barulho que fiz quando dei pontapés num pequeno portão, um velho saiu de uma porta lateral e pareceu atordoado ao me ver. Desci do cavalo e entreguei a carta. Ele a leu, a releu, a revirou, olhou para mim, colocou o papel no bolso e disse:

– Pois bem! O que é que o senhor deseja?

Respondi bruscamente:

– Deve saber, pois recebeu nesse papel as ordens de seu patrão; quero entrar no castelo.

Ele parecia apavorado e declarou:

– Então o senhor vai ao... quarto dele?

Eu começava a me impacientar.

– É claro! Por acaso, você pretende me interrogar?

Ele gaguejou:

– Não... senhor... mas é que... é que não foi aberto desde... desde... a morte. Se quiser me esperar cinco minutos, eu vou... vou ver se...

Eu o interrompi, irritado:

– Ah! Mais essa, vejamos, você está brincando comigo? Não pode entrar ali, pois a chave está comigo.

Ele não sabia mais o que dizer.

– Então, senhor, vou lhe mostrar o caminho.

– Mostre-me a escada e me deixe em paz. Vou achá-lo do mesmo jeito, sem você.

– Mas... senhor... contudo...

Dessa vez, me enfureci de verdade:

– Agora, cale a boca, entendeu? Ou terá que se haver comigo.

Afastei-o violentamente e fui entrando na casa.

Atravessei primeiro a cozinha, depois dois pequenos cômodos em que esse homem morava com a mulher. Passei em seguida por um grande vestíbulo, subi as escadas e reconheci a porta indicada por meu amigo.

Abri-a sem dificuldade e entrei.

O aposento era tão escuro que, de início, não consegui distinguir nada. Parei, tomado pelo odor bolorento e insípido de peças desabitadas e condenadas, de quartos mortos. Depois, aos poucos, meus olhos se habituaram à obscuridade e vi com bastante nitidez uma grande peça em desordem, com uma cama sem lençóis, mas conservando o colchão e os travesseiros, um dos quais trazia a marca profunda de um cotovelo ou de uma cabeça, como se ali alguém tivesse acabado de repousar.

As cadeiras pareciam estar espalhadas a esmo. Reparei que uma porta, a de um armário, sem dúvida, tinha ficado entreaberta.

Fui primeiro até a janela para iluminar o ambiente e

tentei abri-la; mas as venezianas estavam tão enferrujadas que não consegui fazer com que cedessem.

Tentei até mesmo quebrá-las com meu sabre, sem sucesso. Como estava começando a me irritar com esses esforços inúteis e como meus olhos finalmente haviam se acostumado perfeitamente à sombra, desisti da esperança de ver melhor e me dirigi até a escrivaninha.

Sentei-me numa poltrona, baixei a tampa, abri a gaveta indicada. Estava cheia até em cima. Só precisava apanhar três pacotes, que sabia como reconhecer, e comecei a procurá-los.

Tentava decifrar as inscrições com os olhos arregalados, quando julguei ouvir, ou melhor, sentir, um farfalhar atrás de mim. Não dei atenção, pensando que uma corrente de ar tinha remexido algum tecido. Mas, passado um minuto, outro movimento, quase indistinto, fez eu sentir na pele um pequeno arrepio singular e desagradável. Era tão estúpido ficar perturbado, por pouco que fosse, que não quis me virar, por certo pudor para comigo mesmo. Tinha acabado de encontrar o segundo maço de que precisava; e estava justamente encontrando o terceiro, quando um grande e doloroso suspiro, emitido às minhas costas, me fez dar um salto como louco a dois metros de distância. No movimento, havia me virado, com a mão no punho do sabre e, certamente, se não o tivesse sentido na bainha, teria fugido como um covarde.

Uma mulher alta, vestida de branco, me olhava, de pé

atrás da poltrona onde eu estava sentado um segundo antes.

Um choque tão grande percorreu meus membros que quase caí para trás. Oh! Ninguém pode compreender, a menos que os tenha sentido, esses terrores apavorantes e estúpidos. A alma se derrete; não se sente mais o coração; o corpo inteiro se torna mole como uma esponja; diria até que todo o nosso interior se dilui.

Não acredito em fantasmas; pois bem! Fraquejei diante do hediondo medo dos mortos; e sofri, oh! Sofri em alguns instantes mais do que em todo o resto de minha vida, na irresistível angústia dos pavores sobrenaturais.

Se ela não tivesse falado, eu estaria morto, talvez! Mas ela falou; falou com uma voz doce e dolorosa que fazia vibrar os nervos. Não ousaria dizer que voltei a ser senhor de mim e que recuperei a razão. Não. Estava tão perturbado, a ponto de não saber mais o que fazia; mas essa espécie de altivez que tenho em mim, um pouco de orgulho profissional também, me faziam manter, quase sem querer, uma atitude honrosa. Permanecia firme, enfim, firme para mim e para ela também, para ela, fosse quem fosse, mulher ou espectro. Eu me dei conta de tudo isso mais tarde, pois lhes asseguro que, no momento da aparição, eu não pensava em nada. Estava com medo.

Ela disse:

– Oh! Senhor, poderia me fazer um grande favor?

Eu quis responder, mas foi impossível pronunciar uma palavra. Um rumor vago saiu de minha garganta.

Ela continuou:

– Poderia fazer isso? Poderia me salvar, me curar. Sofro terrivelmente. Continuo sofrendo. Sofro, oh! Como sofro!

E se sentou suavemente em minha poltrona. Olhava para mim:

– Poderia?

Fiz sinal que "sim!" com a cabeça, ainda com a voz paralisada.

Então ela me estendeu um pente de casco de tartaruga e sussurrou:

– Penteie-me, oh! Penteie-me; isso vai me curar; preciso que me penteiem. Olhe minha cabeça... Como sofro; e meus cabelos, como me causam dor!

Seus cabelos soltos, muito compridos, muito negros, me parecia, pendiam por cima das costas da poltrona e tocavam o chão.

Por que fiz isso? Por que recebi com arrepios esse pente e por que tomei nas mãos seus longos cabelos, que deram à minha pele uma sensação de frio atroz como se eu tivesse agarrado serpentes? Não sei.

Essa sensação ficou em meus dedos e estremeço ao pensar nisso.

Eu a penteei. Manejei não sei como essa cabeleira de gelo. Eu a torci, amarrei-a e a desamarrei; trancei-a como se trança a crina de um cavalo. Ela suspirava, inclinava a cabeça, parecia feliz.

Subitamente, disse-me "Obrigada!". Arrancou o pente

de minhas mãos e fugiu pela porta que tinha observado estar entreaberta.

Deixado sozinho, tive, durante alguns segundos, aquela sobressaltada perturbação ao despertar de pesadelos. Depois, recuperei finalmente meus sentidos, corri até a janela e quebrei as venezianas com um furioso empurrão.

Uma onda de luz entrou. Corri para a porta, por onde esse ser havia saído. Encontrei-a fechada e inabalável.

Então uma vontade de fugir me invadiu, um pânico, o verdadeiro pânico das batalhas. Peguei bruscamente os três pacotes de cartas da escrivaninha aberta; atravessei correndo o aposento, pulei os degraus da escada de quatro em quatro, encontrei-me do lado de fora não sei por onde e, vendo meu cavalo a dez passos de distância, montei nele de um salto e parti a galope.

Só parei em Rouen e diante de minha casa. Jogando as rédeas a meu ordenança, fugi para meu quarto, onde me tranquei para pensar.

Então, durante uma hora, me perguntei ansiosamente se eu não tinha sido o joguete de uma alucinação. Certamente, tive um desses incompreensíveis abalos nervosos, um desses ataques de loucura do cérebro que geram os milagres, aos quais o sobrenatural deve seu poder.

E eu ia acreditar numa visão, num erro de meus sentidos, quando me aproximei de minha janela. Meus olhos, por acaso, desceram até meu peito. Meu dólmã estava cheio de cabelos, cabelos compridos de mulher que haviam se enrolado nos botões!

Tirei-os um a um e os joguei fora com tremores nos dedos.

Depois chamei meu ordenança. Eu me sentia emocionado demais, confuso demais para ir até a casa de meu amigo naquele mesmo dia. E, além do mais, eu queria refletir maduramente sobre o que deveria dizer a ele.

Mandei levar-lhe as cartas, das quais ele deu um recibo ao soldado. Pediu muitas informações a meu respeito. Foi-lhe dito que eu estava adoentado, que tinha me exposto demais ao sol, não sei mais o quê. Ele pareceu preocupado.

Fui à casa dele no dia seguinte, de manhã cedo, decidido a lhe contar a verdade. Ele tinha saído na noite anterior e não tinha voltado para casa.

Retornei durante o dia, ninguém o tinha visto novamente. Esperei uma semana. Ele não reapareceu. Então avisei a justiça. Mandaram procurá-lo por toda parte, sem descobrir o menor vestígio de sua passagem ou de sua mudança.

Uma visita minuciosa foi feita ao castelo abandonado. Nada suspeito foi descoberto. Nenhum indício revelou que ali estivesse escondida uma mulher.

Como a investigação resultasse em nada, as buscas foram interrompidas.

E, passados 56 anos, não cheguei a saber de mais nada. Não sei mais nada.

O COLAR

Era uma dessas lindas e encantadoras moças, nascidas, como que por um erro do destino, numa família de empregados. Não tinha dote, não tinha esperanças nem qualquer meio de ser conhecida, compreendida, amada, desposada por um homem rico e distinto; e acabou se casando com um pequeno escriturário do Ministério da Instrução Pública.

Sempre se apresentou de modo simples, uma vez que não tinha condições de se adornar; mas se sentia infeliz como uma desclassificada; pois as mulheres não têm linhagem nem raça, e sua beleza, sua graça e seu encanto é que fazem as vezes da condição de nascimento e de família. Sua delicadeza nata, seu instinto de elegância, sua fineza de espírito são sua única hierarquia e fazem das filhas do povo rivais das mais altas damas da sociedade.

Ela sofria sem cessar, sentindo-se nascida para todas as delicadezas e para todos os luxos. Sofria com a pobreza de sua casa, com a miséria das paredes, com o desgaste das cadeiras, com a feiura dos tecidos. Todas essas coisas, que outra mulher de sua classe nem teria notado, a torturavam e a indignavam. A visão da pequena bretã que fazia seus humildes serviços domésticos despertava nela desolados pesares e sonhos desvairados. Pensava nas antessalas silenciosas, forradas com tecidos orientais, iluminadas por altos candelabros de bronze e nos dois altos lacaios de calças curtas, que cochilam nas amplas poltronas, bafejados pelo pesado calor do aquecedor. Pensava nos grandes salões vestidos de seda antiga, nos móveis finos enfeitados com bibelôs de valor inestimável e nas galantes saletas perfumadas, feitas para a conversa das cinco horas com os amigos mais íntimos, os homens conhecidos e solicitados, cuja atenção todas as mulheres invejam e desejam.

Quando, no jantar, se sentava à mesa redonda coberta por uma toalha de três dias, diante do marido, que destampava a sopeira, declarando com ar encantado: "Ah! Que belo cozido! Não há nada melhor do que isso...", ela pensava nos jantares finos, nas pratarias reluzentes, nas tapeçarias adornando as paredes com figuras antigas e pássaros estranhos no meio de uma floresta de pura magia; pensava nos pratos esquisitos servidos em maravilhosas baixelas, nas galanterias sussurradas e ouvidas com um sorriso de esfinge, enquanto comiam a carne rosada de uma truta ou as asas de um frango.

Não tinha belos vestidos nem joias, nada. E só gostava disso; sentia-se feita para isso. E teria desejado tanto agradar, ser invejada, ser sedutora e solicitada.

Tinha uma amiga rica, uma colega de colégio, que não queria mais visitar tanto ela sofria ao voltar para casa. E chorava durante dias inteiros, de desgosto, de pesar, de desespero e de tristeza.

Ora, uma noite, o marido dela voltou para casa com ar triunfante e com um grande envelope nas mãos.

– Olhe só – disse ele –, trouxe uma coisa para você.

Ela rasgou o papel apressadamente e tirou um cartão impresso que continha essas palavras:

"O Ministro da Instrução Pública e a senhora Georges Ramponneau têm a honra de convidar o senhor e a senhora Loisel a passar a noite festiva no palácio do Ministério, segunda-feira, 18 de janeiro".

Em vez de ficar radiante, como seu marido esperava, ela jogou o convite sobre a mesa com despeito, resmungando:

– O que é que você quer que eu faça com isso?

– Mas, minha querida, pensei que ficaria contente. Você nunca sai e essa é uma bela oportunidade! Tive uma dificuldade infinita para obter esse convite. Todos o querem; é muito procurado e não é facilmente concedido a funcionários. Ali você vai ver todo o mundo oficial.

Ela o observava com um olhar irritado e declarou com impaciência:

– O que você quer que eu vista para ir?

Ele não tinha pensado nisso; balbuciou:

– E o vestido com que você vai ao teatro. Ele me parece muito bom...

Calou-se, estupefato, desnorteado, ao ver que sua mulher estava chorando. Duas grandes lágrimas desciam lentamente do canto dos olhos para o canto da boca. Ele gaguejou:

– O que é que você tem? O que é que você tem?

Mas, com um esforço violento, ela havia dominado seu pesar e respondeu com voz calma, enxugando as faces úmidas:

– Nada, só que não tenho roupa adequada e, por isso, não posso ir a essa festa. Dê seu cartão a algum colega que tenha uma mulher que possa se vestir e se enfeitar melhor do que eu.

Ele estava desolado, mas lhe disse:

– Vejamos, Mathilde. Quanto custaria uma roupa adequada, que pudesse lhe servir também em outras ocasiões, algo bem simples?

Ela refletiu por alguns segundos, fazendo suas contas e pensando também na quantia que poderia pedir sem provocar uma recusa imediata e uma exclamação assustada do econômico escriturário.

Finalmente, respondeu, com hesitação:

– Não sei exatamente, mas me parece que com 400 francos eu poderia conseguir algo que me sirva.

Ele empalideceu um pouco, porque reservava essa soma para comprar uma espingarda e fazer caçadas no verão seguinte, na planície de Nanterre, com alguns amigos que, aos domingos, iam caçar cotovias.

Entretanto disse:

– Está bem. Vou lhe dar 400 francos. Mas trate de adquirir um belo vestido.

O dia da festa se aproximava e a senhora Loisel parecia triste, inquieta, ansiosa. No entanto, seu vestido estava pronto. Uma noite, o marido lhe perguntou:

O COLAR

— O que é que você tem? Faz três dias que você anda muito esquisita.

E ela respondeu:

— O que me aborrece é que não tenho uma joia, nem uma pedra, nada para pôr em mim. Vou continuar com a aparência de miserável. Preferiria até não ir a essa noite festiva.

Ele sugeriu:

— Ponha flores naturais. É muito chique nessa temporada. Por dez francos, conseguirá duas ou três rosas magníficas.

Ela não estava convencida.

— Não... não há nada mais humilhante do que parecer pobre no meio de mulheres ricas.

Mas o marido exclamou:

— Como você é tola! Vá procurar sua amiga, a senhora Forestier, e peça-lhe emprestado algumas joias. Você tem bastante intimidade com ela para fazer isso.

Ela soltou um grito de alegria:

— É verdade! Não tinha pensado nisso.

No dia seguinte, ela foi à casa da amiga e lhe falou da causa de sua angústia.

A senhora Forestier foi até o armário com porta espelhada, retirou um cofrezinho de tamanho razoável, trouxe-o, abriu-o e disse à senhora Loisel:

— Escolha, minha querida.

Ela viu primeiramente braceletes, depois um colar de pérolas, uma cruz veneziana, ouro e pedrarias admiravelmente trabalhadas. Experimentou os adornos diante do espelho, hesitava, não conseguia se decidir a deixá-las, devolvê-las. E continuava perguntando:

– Não tem mais nada de diferente?

– Mas claro! Procure. Não sei o que pode lhe agradar.

De repente, ela descobriu, num estojo de cetim preto, um soberbo colar de diamantes e seu coração começou a bater com um desejo imoderado. Suas mãos tremiam ao apanhá-lo. Ela o prendeu em torno do pescoço, por cima do vestido de gola alta, e permaneceu em êxtase diante de si mesma.

Depois perguntou, hesitante, cheia de angústia:

– Pode me emprestar esse, somente esse?

– Sim, é claro, com certeza!

Ela pulou no pescoço da amiga, beijou-a com arroubos de contentamento e depois saiu correndo com seu tesouro.

O dia da festa chegou. A senhora Loisel fez grande sucesso. Era a mais bonita de todas, elegante, graciosa, sorridente e louca de alegria. Todos os homens a olhavam, perguntavam seu nome, procuravam ser apresentados. Todos os funcionários do gabinete queriam dançar com ela. O Ministro reparou nela.

Ela dançava com embriaguez, com arrebatamento, inebriada de prazer, sem pensar em nada, no triunfo de sua beleza, na glória de seu sucesso, numa espécie de nuvem de felicidade feita de todas essas homenagens, de toda essa admiração, de todos esses desejos despertados, dessa vitória tão completa e tão doce ao coração das mulheres.

Ela deixou a festa por volta das quatro horas da manhã. O marido, desde a meia-noite, dormia num pequeno salão deserto com três outros cavalheiros, cujas esposas estavam se divertindo muito.

Ele lhe jogou nos ombros a capa que trouxera para a saída, capa modesta da vida cotidiana, cuja pobreza contrastava com a elegância do vestido de baile. Ela percebeu e teve vontade de fugir, para não ser notada pelas outras mulheres, que se envolviam em ricas peles.

Loisel a segurava:

– Espere. Vai passar frio lá fora. Vou chamar um fiacre.

Mas ela não o escutava e descia rapidamente as escadas. Quando chegaram na rua, não encontraram carruagem; e começaram a procurar, chamando os cocheiros que viam passar ao longe.

Desciam em direção ao rio Sena, desesperados, tremendo de frio. Finalmente, encontraram no cais um daqueles velhos cupês noturnos que só são vistos em Paris depois do cair da noite, como se tivessem vergonha de sua miséria durante o dia.

Levou-os de volta até a porta, na rua dos Mártires, e os dois subiram tristemente para dentro de casa. Para ela, tudo estava acabado. E ele pensava que teria que estar no Ministério às dez horas.

Diante do espelho, ela tirou a capa com que havia coberto os ombros para se ver mais uma vez em sua glória. Mas de repente soltou um grito. Não tinha mais o colar em volta do pescoço!

O marido, já quase despido, perguntou:

– O que é que você tem?

Ela se virou para ele, desnorteada:

– Eu... eu... eu não tenho mais o colar da senhora Forestier.

Ele se levantou, perplexo:

– O quê!... Como!... Não é possível!

E procuraram nas dobras do vestido, nas dobras da capa, nos bolsos, em toda parte. Não o encontraram.

Ele perguntou:

– Tem certeza de que o tinha ainda ao deixar o baile?

– Sim, eu o toquei no vestíbulo do Ministério.

– Mas, se o tivesse perdido na rua, o teríamos ouvido cair. Deve estar no fiacre.

– Sim. É provável. Você guardou o número?

– Não. E você, não reparou?

– Não.

Eles se entreolharam, aterrados. Por fim, Loisel tornou a se vestir.

– Vou refazer – disse ele – todo o trajeto que percorremos a pé para ver se o encontro.

E saiu. Ela ficou em traje de gala, sem forças para se deitar, afundada numa cadeira, sem entusiasmo, sem pensar.

O marido voltou em torno das sete horas. Não havia encontrado nada.

Foi então à chefatura de polícia, depois aos jornais para prometer uma recompensa, às companhias de pequenas carruagens, por toda parte, enfim, aonde um fio de esperança o impelia.

Ela esperou o dia todo, no mesmo estado de perplexidade diante do terrível desastre.

Loisel voltou à noite, de rosto encovado e pálido; não tinha descoberto nada.

– É preciso – sugeriu ele – escrever à sua amiga, dizendo que você quebrou o fecho do colar e que vai mandar consertá-lo. Isso nos dará tempo para encontrar uma solução.

Ele lhe ditou a carta.

Depois de uma semana, tinham perdido todas as esperanças.

E Loisel, envelhecido cinco anos, declarou:

– É preciso substituir essa joia.

No dia seguinte, tomaram a caixinha que guardava o colar e se dirigiram ao joalheiro, cujo nome figurava dentro dela. Ele consultou seus livros:

– Não fui eu, senhora, quem vendeu esse colar; só devo ter fornecido o estojo.

Assim foram, de joalheiro em joalheiro, procurar um colar semelhante ao outro, consultando sua memória, ambos doentes de pesar e de angústia.

Encontraram, numa loja do Palais-Royal, um colar de diamantes que lhes pareceu inteiramente semelhante ao que procuravam. Valia 40 mil francos. Mas venderiam por 36 mil.

Pediram então ao joalheiro para que não o vendesse antes de passados três dias. E estabeleceram a condição de que o retomasse por 34 mil francos, se o primeiro fosse encontrado antes do final de fevereiro.

Loisel tinha 18 mil francos que seu pai havia lhe deixado. Pediria emprestado o resto.

E tomou emprestado, pedindo mil francos a um, 500 a outro, cinco luíses aqui, três luíses acolá. Assinou notas promissórias, assumiu compromissos ruinosos, lidou com usurários, com todos os tipos de agiota. Comprometeu todo o fim de sua existência, arriscou sua assinatura sem saber nem mesmo se poderia honrá-la e, apavorado com as angústias do futuro, com a terrível miséria que se abateria sobre ele, com a perspectiva de todas as privações físicas e de todas as torturas morais, foi buscar o novo colar, depositando no balcão do mercador 36 mil francos.

Quando a senhora Loisel devolveu o colar à senhora Forestier, esta lhe disse, com ar magoado:

– Deveria tê-lo devolvido antes, pois eu poderia ter precisado.

Ela não abriu o estojo, que era o que sua amiga mais temia. Se ela tivesse notado a substituição, o que teria pensado? O que ela teria dito? Não a teria tomado por uma ladra?

A senhora Loisel conheceu a vida horrível dos necessitados. Resignou-se a isso, no entanto, de imediato e heroicamente. Essa dívida assustadora tinha de ser paga. Ela a pagaria. Despediram a empregada; mudaram de casa; alugaram uma mansarda sob o telhado.

Ela conheceu os duros trabalhos domésticos, as odiosas tarefas da cozinha. Lavou louça, desgastando as unhas rosadas nas panelas gordurosas e no fundo das caçarolas.

O COLAR

Ensaboou roupa suja, as camisas e os panos de prato, que estendia para secar num varal; todas as manhãs, levava o lixo para a rua e água para casa, parando em cada andar, ao subir, para tomar fôlego. E, vestida como uma mulher do povo, ia ao quitandeiro, ao merceeiro, ao açougueiro, cesta no braço, pechinchando, sendo insultada, defendendo centavo a centavo seu miserável dinheiro.

Cada mês, era preciso pagar promissórias, renovar outras, ganhar tempo.

O marido trabalhava no final da tarde na escrita das contas de um comerciante e, muitas vezes, à noite, fazia cópias a cinco centavos à página.

E essa vida durou dez anos.

Passados esses dez anos, eles haviam restituído tudo, tudo, com as taxas de usura e com o acúmulo dos juros compostos.

A senhora Loisel parecia velha agora. Tinha se tornado a mulher forte, dura e rude dos lares pobres. Mal penteada, com saias malpostas e mãos vermelhas, falava alto, lavava os assoalhos com baldes de água. Mas, às vezes, quando o marido estava no escritório, ela se sentava perto da janela e pensava naquela noite de outrora, naquele baile, onde fora tão bonita e tão festejada.

O que teria acontecido se ela não tivesse perdido esse colar? Quem sabe? Quem sabe? Como a vida é singular e mutável! Como bem pouca coisa é suficiente para nos perder ou para nos salvar!

No entanto, um domingo, ao dar um passeio nos Champs-Elysées para esquecer e se distrair das tarefas da semana, viu de repente uma mulher passeando com uma criança. Era a senhora Forestier, ainda jovem, ainda bela, ainda sedutora.

A senhora Loisel ficou emocionada. Deveria ir falar com ela? Sim, com certeza. E agora que havia terminado de pagar, lhe contaria tudo. Por que não?

Ela se aproximou.

– Bom dia, Jeanne.

A outra não a reconheceu, surpreendendo-se por ser chamada tão familiarmente por essa mulher do povo. E gaguejou:

– Mas... Senhora!... Eu não sei... Você deve estar enganada.

– Não. Eu sou Mathilde Loisel.

A amiga soltou um grito:

– Oh!... Minha pobre Mathilde, como você mudou!...

– Sim, tive dias muito difíceis desde que a vi pela última vez; e muita miséria... e isso por sua causa!...

– Por minha causa... Como assim?

– Deve se lembrar muito bem daquele colar de diamantes que me emprestou para ir à festa do Ministério.

– Sim. E então?

– Pois bem, eu o perdi.

– Como? Você o devolveu.

– Eu lhe devolvi outro bem parecido. E levamos dez anos para pagá-lo. Deve compreender que não foi fácil para nós, que não tínhamos nada... Enfim, acabou, e estou extremamente feliz.

O Colar

A senhora Forestier havia parado.

– Está me dizendo que comprou um colar de diamantes para substituir o meu?

– Sim. Não percebeu? Eles eram bem parecidos.

E ela sorria com uma alegria orgulhosa e ingênua.

A senhora Forestier, muito emocionada, tomou-lhe as mãos.

– Oh! Minha pobre Mathilde! Mas o meu era falso. Valia no máximo 500 francos!...

LEMBRANÇA

Como tenho lembranças de minha juventude sob a suave carícia do primeiro sol! Há uma época em que tudo é bom, alegre, charmoso, estimulante. Como são primorosas as lembranças das antigas primaveras!

Vocês se lembram, velhos amigos, meus irmãos, daqueles anos de alegria quando a vida era apenas triunfo e risos? Vocês se lembram dos dias de vadiagem por Paris, de nossa radiante pobreza, de nossos passeios nos bosques verdejantes, de nossas bebedeiras sem conta nas tabernas às margens do rio Sena e de nossas aventuras de amor tão banais e tão deliciosas?

Quero relembrar uma dessas aventuras. Foi há doze anos e já me parece tão velha, tão velha, que agora me sinto estar na outra extremidade de minha vida, antes da curva, daquela desagradável curva de onde percebo de imediato o fim da viagem.

Eu tinha então 25 anos. Tinha acabado de chegar a Paris. Trabalhava num Ministério e os domingos me pareciam festas extraordinárias, cheias de alegria exuberante, embora nada de surpreendente acontecesse.

Hoje, todos os dias são domingo. Mas lamento a época em que só tinha um por semana. Como era bom esse único domingo! Eu tinha seis francos para gastar!

Acordei cedo naquela manhã, com aquela sensação de liberdade que os funcionários tão bem conhecem, aquela sensação de libertação, de descanso, de tranquilidade, de independência.

Abri a janela. O tempo estava admirável. O céu todo azul recobria a cidade, cheio de sol e de andorinhas.

Vesti-me rapidamente e saí, com vontade de passar o dia nos bosques, respirando os aromas das folhas; pois sou de origem camponesa, criado sobre a relva e sob as árvores.

Paris acordava alegre, no calor e na luz. As fachadas das casas brilhavam; os canários dos porteiros gorjeavam nas gaiolas e uma alegria percorria a rua, iluminava rostos, difundia risos por toda parte, como um contentamento misterioso dos seres e das coisas sob o claro sol nascente.

Cheguei ao rio Sena para tomar o barco Hirondelle, que me deixaria em Saint-Cloud.

Como adorava essa espera pelo barco no pontão! Parecia que iria partir para o fim do mundo, para novos e maravilhosos países. Via esse barco aparecer, lá longe, lá longe, sob o arco da segunda ponte, bem pequeno, com sua nuvem de fumaça, depois maior, maior, crescendo sempre; e em minha mente assumia a aparência de um navio.

Ele atracou e eu subi.

Pessoas com roupas de domingo já estavam a bordo, com vestidos vistosos, fitas deslumbrantes e grandes rostos vermelhos. Eu me colocava bem na frente, de pé, vendo ficar para trás o cais, as árvores, as casas, as pontes. E de repente via o grande viaduto Point-du-Jour, que bloqueava o rio. Era o fim de Paris, o início dos campos, e o rio Sena de repente, atrás da linha dupla de arcos, se alargava como se lhe tivessem devolvido o espaço e a liberdade, tornando-se repentinamente esse belo rio pacífico que vai fluir por entre as planícies, no sopé de colinas cobertas de bosques, no meio dos campos, na margem das florestas.

Depois de passar entre duas ilhas, o Hirondelle seguiu uma encosta em curva, cujo verde estava repleto de casas brancas. Uma voz anunciou "Bas-Meudon", depois "Sèvres" e, mais longe, "Saint-Cloud".

Desci. E segui a passos apressados, atravessando a pequena cidade, a estrada que conduzia aos bosques. Tinha comigo um mapa dos arredores de Paris para não me perder nos caminhos que cruzam em todos os sentidos essas pequenas florestas, onde os parisienses fazem seus passeios.

Assim que fiquei na sombra, estudei meu itinerário, que me pareceu, aliás, perfeitamente simples. Eu ia virar à direita, depois à esquerda, depois novamente à esquerda, e chegaria a Versalhes ao anoitecer, para jantar.

E comecei a caminhar lentamente, sob as folhas novas, sorvendo esse ar saboroso que os brotos e a seiva perfumam. Andava devagar, alheio à papelada, ao escritório, ao chefe, aos colegas, aos arquivos, pensando em coisas felizes que não poderiam deixar de acontecer comigo, em todo o desconhecido velado do futuro. Sentia-me invadido por mil lembranças da infância, que esses aromas dos campos despertavam em mim, e seguia adiante, inteiramente impregnado pelo encanto perfumado, pelo encanto da vida, pelo encanto palpitante dos bosques aquecidos pelo grande sol de junho.

Às vezes, me sentava para contemplar, ao longo de um declive, todos os tipos de florzinhas, cujos nomes eu conhecia há muito tempo. Reconhecia todas elas como se fossem exatamente as mesmas vistas outrora na região. Eram amarelas, vermelhas, roxas, finas, bonitas, na ponta de longos caules ou presas ao solo. Insetos de todas as cores e de todas as formas, atarracados, alongados, de feitura extraordinária, monstros assustadores e microscópicos pousavam pacificamente sobre talos de erva que se curvavam sob seu peso.

Depois, dormi algumas horas numa vala e parti novamente, descansado, fortalecido por esse sono.

Diante de mim, abriu-se uma encantadora alameda, cujas árvores de folhagem ligeiramente delgada deixavam chover, por toda parte no solo, gotas de sol que iluminavam as margaridas brancas. Ela se alongava interminavelmente, vazia e calma. Somente uma grande vespa solitária a seguia zumbindo, parando às vezes para beber numa flor que se curvava e partindo de novo quase imediatamente, para descansar um pouco mais longe. Seu enorme corpo parecia ser de veludo marrom listrado de amarelo, provido de asas transparentes e desmesuradamente pequenas.

Mas, de repente, vi no final da alameda duas pessoas, um homem e uma mulher, vindo em minha direção. Aborrecido por ser perturbado em minha caminhada tranquila, estava prestes a mergulhar no matagal quando me pareceu que me chamavam. A mulher, de fato, sacudia a sombrinha e o homem, em mangas de camisa, sobrecasaca num braço, erguia o outro em sinal de angústia.

Fui na direção deles. Andavam apressados, ambos muito vermelhos, ela com passinhos rápidos, ele com passadas largas. Via-se estampado no rosto deles o mau humor e o cansaço.

A mulher logo me perguntou:

– Senhor, poderia me dizer onde estamos? O imbecil do meu marido fez com que nos perdêssemos, achando que conhecia perfeitamente essa região.

Respondi com confiança:

– Senhora, estão indo na direção de Saint-Cloud e dando as costas para Versalhes.

Ela continuou com um olhar de pena para o marido e disse irritada:

– Como? Estamos dando as costas a Versalhes? Mas é exatamente por lá que queremos jantar.

– Eu também, senhora, estou indo para lá.

Ela repetiu várias vezes, dando de ombros:

– Meu Deus, meu Deus, meu Deus! – com aquele tom de soberano desprezo que as mulheres têm para expressar sua exasperação.

Era muito jovem, bonita, morena, com uma sombra de bigode nos lábios.

Ele, por sua vez, estava suando e enxugava a testa. Certamente, era um casal de pequenos burgueses parisienses. O homem parecia apavorado, exausto e desolado.

Murmurou:

– Mas, minha querida... foi você...

Ela não o deixou terminar.

– Fui eu!... Ah! Fui eu agora. Fui eu que quis partir sem informações, alegando que me localizaria sempre? Fui eu que quis virar à direita no alto da colina, afirmando que reconhecia o caminho? Fui eu que me encarreguei de cuidar de Cachou...

Ela ainda não tinha acabado de falar quando o marido, como se tivesse sido tomado de loucura, soltou um grito agudo, um longo grito de um selvagem que não se poderia transcrever em nenhuma língua, mas que soava como tiiitiiit.

A jovem mulher não pareceu se surpreender nem se emocionar e continuou:

– Não, verdadeiramente, há gente que é estúpida demais, que sempre pretende saber tudo. Fui eu que tomei, no ano passado, o trem de Dieppe em vez de tomar o de Le Havre, diga, fui eu? Fui eu que apostei que o senhor Letourneur morava na rua dos Mártires?... Fui eu que não quis acreditar que Celeste era uma ladra?...

E ela continuava com fúria, com surpreendente velocidade na fala, acumulando as mais diversas, as mais inesperadas e as mais contundentes acusações proporcionadas por todas as situações íntimas da existência comum, recriminando o marido por todos os seus atos, por todas as suas ideias, por todas as suas maneiras de andar, por todas as suas tentativas, por todos os seus esforços, por sua vida desde o casamento até os dias de hoje.

Ele tentava detê-la, acalmá-la e gaguejava:

— Mas, minha querida... é inútil... diante do senhor... Estamos dando espetáculo... Isso não interessa a esse senhor...

E dirigia tristes olhares para a mata, como se quisesse sondar sua profundeza misteriosa e pacífica, para se enfiar nela, para fugir, para se esconder de todos; e de vez em quando emitia um novo grito, um tiiitiiit prolongado e estridente. Tomei esse hábito por uma doença nervosa.

A jovem mulher, de repente, voltando-se para mim e mudando o tom com uma rapidez muito singular, disse:

— Se o senhor permitir, vamos seguir com o senhor, para não nos perdermos de novo e nos expormos a dormir no bosque.

Eu me inclinei; ela tomou meu braço e começou a falar sobre mil coisas, sobre ela, sobre sua vida, sua família, seu comércio. Eles eram fabricantes de luvas na rua Saint-Lazare.

Seu marido caminhava ao lado dela, lançando sempre olhares de louco entre as árvores e gritando tiiitiiit a todo momento.

Finalmente, lhe perguntei:

— Por que fica gritando desse jeito?

Consternado e desesperado, respondeu:

— Por causa de meu pobre cachorro, que perdi.

— Como? Perdeu seu cachorro?

– Sim. Ele tinha apenas um ano de idade. Nunca tinha saído da loja. Decidi levá-lo para passear nos bosques. Ele nunca tinha visto ervas nem folhas; e ficou enlouquecido. Saiu correndo e latindo e desapareceu na floresta. É preciso dizer também que ele tinha muito medo da ferrovia; isso pode tê-lo levado a se perder. Chamei-o em vão, ele não voltou. Vai morrer de fome dentro dessa mata.

A jovem mulher, sem se voltar para o marido, logo falou:

– Se você tivesse mantido a guia atada à coleira, isso não teria acontecido. Quando alguém é estúpido como você, não deve ter cachorro.

Ele murmurou timidamente:

– Mas, minha querida, foi você...

Ela parou imediatamente; e, fitando-o nos olhos como se fosse arrancá-los dele, começou a lhe lançar novamente inumeráveis recriminações.

A noite estava caindo. O véu de névoa que cobre os campos no crepúsculo se desenrolou lentamente; e uma poesia flutuava, feita dessa sensação de frescor peculiar e encantador que enche os bosques com a chegada da noite.

De repente, o jovem parou e, tateando febrilmente pelo corpo, disse:

– Oh! Acho que...

Ela olhou para ele:

– O quê?– Não prestei atenção que estava com minha sobrecasaca no braço.

– E então?

– Perdi minha carteira... meu dinheiro está dentro dela.

Ela estremeceu de raiva e sufocou de indignação.

– Só faltava isso. Que bobalhão que você é! Mas como é estúpido! Não é possível que eu tenha casado com um idiota desses! Pois bem, vá procurá-la e dê um jeito de encontrá-la. Eu vou seguir até Versalhes com esse senhor. Não tenho vontade nenhuma de dormir no mato.

Ele respondeu suavemente:

– Sim, minha querida; onde vou reencontrá-la?

Tinham me recomendado um restaurante. Indiquei-o.

O marido deu meia-volta e, curvado para o chão, que seu olhar ansioso percorria, gritava a todo momento: Tiiitiiit; e foi se afastando.

Demorou muito para desaparecer; a sombra, mais espessa, apagava-o ao longe na alameda. Logo não se distinguia mais a silhueta de seu corpo; mas por muito tempo ainda se ouvia seu choroso tiiit, tiiit, tiiit, mais estridente à medida que a noite ficava mais escura.

Eu caminhava a passos rápidos, feliz na doçura do crepúsculo, com essa pequena mulher desconhecida que se apoiava em meu braço.

Procurava palavras galantes sem encontrá-las. Fiquei mudo, confuso, encantado.

Mas uma grande estrada cortou subitamente nossa alameda. Vi à direita, num vale, uma cidade inteira.

Que região seria essa? Um homem estava passando. Perguntei-lhe e ele respondeu:

– Bougival.

Fiquei sem palavras:

– Como Bougival? Tem certeza?

– Claro que tenho!

A pequena mulher ria como uma louca.

Propus tomar uma carruagem para ir a Versalhes. Ela respondeu:

– Na verdade, não. É tão engraçado e estou com muita fome. No fundo, estou muito tranquila; meu marido sempre vai estar bem. É totalmente saudável para mim ficar aliviada durante algumas horas.

Entramos, portanto, num restaurante à beira da água e ousei tomar um quarto particular.

Ela se embriagou, de verdade, e muito bem, cantou, bebeu champanhe, fez todo tipo de loucura... e até mesmo a maior de todas.

Foi meu primeiro adultério!

HISTÓRIA VERDADEIRA

Soprava um vento forte, um vento de outono que rugia e galopava, um daqueles ventos que matam as últimas folhas e as carregam até as nuvens.

Os caçadores terminavam o jantar, ainda de botas, vermelhos, animados, acesos. Eram meio senhores normandos, meio escudeiros, meio camponeses, ricos e vigorosos, talhados para quebrar os chifres dos bois quando os detêm em feiras.

Haviam caçado o dia todo nas terras do senhor Blondel, prefeito de Éparville, e agora comiam em torno da grande mesa, na espécie de castelo-fazenda de seu anfitrião.

Falavam aos berros, riam como rugem as feras e bebiam como cisternas, de pernas esticadas, cotovelos sobre a toalha, olhos reluzentes sob a chama das lamparinas, aquecidos por uma formidável lareira que lançava ao teto clarões sangrentos; conversavam sobre caça e sobre cães. Mas estavam num momento em que outras ideias surgem aos homens, meio embriagados, e todos acompanhavam com o olhar uma moça forte de bochechas rechonchudas que carregava na ponta dos punhos vermelhos os grandes pratos carregados de iguarias.

De repente, um grande diabo que se tornara veterinário depois de ter estudado para padre, e que cuidava de todos os animais da redondeza, senhor Sejour, exclamou:

— Caramba, Blondel, você tem aqui uma mulher e tanto que não foi picada por vermes.

E uma risada retumbante eclodiu. Então, um velho nobre decadente, mergulhado no álcool, senhor Varnetot, elevou a voz.

— Sou eu que outrora tive uma história engraçada com uma mocinha como essa! Pois bem, acho que devo contá-la a vocês. Todas as vezes que penso nela, me lembro de Mirza, minha cadela, que eu tinha vendido ao conde Haussonnel e que voltava todos os dias, assim que a soltavam, tanto ela não queria me deixar. No fim, fiquei com raiva e pedi ao conde que a mantivesse acorrentada. Sabem o que esse animal fez? Morreu de desgosto.

Mas, voltando à minha empregada, aí vai a história:

Eu tinha então 25 anos e vivia como um rapaz, no meu castelo de Villebon. Sabem, quando a gente é jovem com rendimentos e que se aborrece todas as noites depois do jantar, acaba ficando de olho para tudo o que gira em torno.

Logo descobri uma jovem que estava a serviço na casa de Déboultot, de Cauville. Você, Blondel, conheceu muito bem Deboultot! Resumindo, ela me enfeitiçou tão bem, a malandra, que um dia fui procurar o patrão dela e lhe propus um negócio. Ele me cederia a empregada e eu lhe venderia minha égua preta, Cocote, que ele queria há quase dois anos. Ele me estendeu a mão: "Trato feito, senhor Varnetot". Negócio fechado, a pequena veio ao castelo e eu mesmo conduzi minha égua a Cauville, que deixei por 300 escudos. Nos primeiros tempos, tudo ia às mil maravilhas. Ninguém suspeitava de nada; apenas Rose me amava um pouco demais para meu gosto. Aquela menina, vejam só, não era qualquer uma. Devia ter algo de incomum nas veias. Isso provinha talvez de algo que a moça tivesse aprontado com o patrão.

Em resumo, ela me adorava. Eram carícias e carinhos, nomezinhos de bichinhos, um monte de gentilezas que me fizeram refletir.

Dizia a mim mesmo: "Isso não deve durar, senão vou me enrascar!". Mas não me apanham facilmente a mim. Não sou daqueles que se encantam com dois beijos. Enfim, eu estava de olho; quando ela me disse que estava grávida.

Pif! Pan! Foi como se tivesse levado dois tiros de espingarda no peito. E ela me beijava, me beijava, ria, dançava, estava louca! Eu nada disse no primeiro dia; mas, à noite, eu raciocinei. Pensava: "As coisas estão desse jeito; mas é preciso aparar o golpe e cortar o fio, ainda é tempo". Compreendem, eu tinha meu pai e minha mãe em Barneville, e minha irmã casada com o marquês de Yspare, em Rollebec, a duas léguas de Villebon. Não podia brincar.

Mas, como sair dessa situação? Se ela deixasse a casa, suspeitariam de alguma coisa e começariam a fofocar. Se eu a mantivesse, logo notariam a barriga; e mais, eu não podia dispensá-la nesse estado.

Falei sobre isso com meu tio, barão de Creteuil, um velho gavião que conheceu muitas, e lhe pedi uma opinião. Respondeu-me tranquilamente:

– É preciso casá-la, meu rapaz.

Dei um salto.

– Casá-la, meu tio, mas com quem?

Ele deu de ombros como se nada fosse:

– Com quem você quiser; é problema seu e não meu. Quando não se é besta, sempre se dá um jeito.

Refleti sobre essas palavras durante oito dias e acabei dizendo a mim mesmo: "Meu tio tem razão".

Então, comecei a quebrar a cabeça e a procurar. Uma noite, o juiz de paz, com quem tinha acabado de jantar, me disse:

– O filho da senhora Paumelle acaba de fazer uma besteira; esse rapaz vai acabar mal. É verdade que filho de peixe, peixinho é.

Essa mãe Paumelle era uma velha astuta, cuja juventude deixara a desejar. Por um escudo, teria certamente vendido a alma e o malandro do filho por um bom preço.

Fui procurá-la e, com muito jeito, fiz com que ela entendesse a coisa.

Como eu me embaraçasse em minhas explicações, ela repentinamente me perguntou:

– O que é que você vai dar a essa pequena?

A velha era maligna, mas eu não era bobo, havia preparado meu negócio.

Eu possuía três pedaços de terra perdidos justamente perto de Sasseville, que dependiam de minhas três fazendas de Villebon. Os empregados sempre se queixavam que ficavam longe; em resumo, eu havia assumido o controle desses três campos, seis acres ao todo, e como meus camponeses reclamassem eu lhes havia concedido, no final de cada arrendamento, toda a renda em aves. Assim, a coisa se ajeitou. Então, tendo comprado um pedaço de encosta de meu vizinho, senhor Aumonté, mandei construir nele um casebre, tudo por 1.500 francos. Dessa maneira, acabava de constituir um pequeno imóvel que não me custava grande coisa e que o dava em dote à moça.

A velha reclamou; não era suficiente; mas eu fiquei firme e nos separamos sem concluir nada.

No dia seguinte, de madrugada, o rapaz veio me procurar. Quase não me lembrava de sua fisionomia. Quando o vi, fiquei tranquilo; não se apresentava tão mal assim para um camponês; mas aparentava ser um grosseiro de um patife.

Ele encarou a coisa friamente, como se viesse comprar uma vaca. Quando chegamos a um acordo, ele quis ver o bem imóvel; e lá fomos nós pelos campos. O velhaco me fez ficar três horas nas terras; ele as examinava, as media, recolhia torrões que esmagava nas mãos, como se tivesse medo de ser enganado. Como o casebre ainda não estava coberto, exigiu ardósia em vez de palha para a cobertura, porque requer menos manutenção!

Depois me disse:

– Mas os móveis; cabe ao senhor providenciar.

Protestei:

– Não; já é até demais lhe dar uma fazenda.

Ele zombou:

– Acho que é isso, uma fazenda e uma criança.

Corei, contra a vontade. Ele continuou:

– Vamos lá, deverá me dar a cama, uma mesa, o armário, três cadeiras e a louça, ou nada feito.

Acabei concordando.

E tomamos o caminho de volta. Ele não tinha dito ainda palavra alguma sobre a moça. Mas de repente perguntou com ar dissimulado e embaraçado:

– Mas, se ela morrer, quem haverá de ficar com esse imóvel?

Respondi:

– Você, naturalmente.

Era tudo o que ele queria saber desde manhã. Logo em seguida, me estendeu a mão com um movimento cheio de satisfação. Estávamos de acordo.

Oh! O mais difícil foi convencer Rose. Ela se arrastava a meus pés, soluçava, repetia: "É você que está me propondo isso! É você! É você!". Durante mais de uma semana, resistiu, apesar de minhas razões e de minhas súplicas. É algo besta, mas as mulheres; uma vez que têm o amor na cabeça, não compreendem mais nada. Não existe sabedoria que valha, o amor acima de tudo, tudo por amor!

Finalmente, me zanguei e ameacei mandá-la embora. Então, ela cedeu aos poucos, com a condição de que a deixasse vir me ver de vez em quando.

Eu mesmo a conduzi ao altar, paguei a cerimônia, ofereci o jantar a todos os presentes no casamento. Enfim, fiz as

coisas com grande estilo. Depois: "Boa noite, meus filhos!".
Fui passar seis meses na casa de meu irmão em Touraine.

Quando voltei, soube que ela vinha ao castelo todas as semanas para perguntar por mim. E eu mal tinha entrado em casa, fazia uma hora, quando a vi chegando com uma criança nos braços. Podem crer, se quiserem, mas me deu vontade realmente de ver esse menino. Acho que até o beijei.

Quanto à mãe, uma ruína, um esqueleto, uma sombra. Magra, envelhecida. Totalmente acabada; o casamento não ia bem! Perguntei-lhe maquinalmente:

– Você é feliz?

Então, ela começou a chorar como uma nascente que borbulha, com soluços, e exclamou:

– Não posso, não posso ficar sem você agora. Prefiro morrer, não posso!

Fazia um escândalo dos diabos. Eu a consolei como pude e a acompanhei de volta até a barreira.

De fato, fiquei sabendo que o marido batia nela; e que sua sogra, a velha coruja, estava transformando a vida dela num inferno.

Dois dias depois ela voltou. Tomou-me pelos braços e se arrastou no chão:

– Mate-me, mas não quero mais voltar para lá.

Exatamente o que teria dito Mirza, se ela tivesse falado!

Todas essas histórias começavam a me aborrecer; e, mais uma vez, saí de viagem por seis meses. Quando voltei... Quando voltei, soube que ela tinha morrido três semanas antes, depois de ter vindo ao castelo todos os domingos... Sempre como Mirza. A criança também tinha morrido, oito dias depois.

Quanto ao marido, o tratante desse malandro, levava a herança. Ele tem se saído bem, ao que parece, e agora é vereador.

Depois, o senhor Varnetot acrescentou, rindo:

– Não importa, fui eu que fiz a fortuna dele!

E o senhor Sejour, o veterinário, concluiu gravemente, levando à boca um copo de aguardente:

– Tudo o que você quiser, mas de mulheres como essa, que o destino nos livre!